Écoute ton Cœur, Atami!

(1)

ASA
TANUMA

SOMMAIRE

CHAPITRE 1 { SENTIMENTS ET CURRY

AU PRINTEMPS DE SA 1RE ANNÉE DE LYCÉE...
LES ENNUIS ONT COMMENCÉ POUR ATAMI.
UNE AVALANCHE D'AFFECTION...
AH...
EUH...
D'ADMIRATION...
VRAIMENT...
UN FLOT D'AMOUR.
TANT ET SI BIEN QUE SA PRINCIPALE PRÉOCCUPATION...
EST DEVENUE DE SAVOIR...
EN FAIT...
COMMENT RÉGLER LA QUESTION CALMEMENT ET SANS QUE LES CHOSES SE GÂTENT.
"FRANCHE-MENT..."

"TOUT ÇA PARCE QUE JE SUIS AGRÉABLE À REGARDER..."
...
MAIS DANS LE MÊME TEMPS, IL A COMMENCÉ À DOUTER.
"QU'EST-CE QU'ELLES AIMENT CHEZ MOI ?"
"POURQUOI ELLES PENSENT ÇA DE MOI ?"
"EST-CE QUE...

C'EST VRAIMENT DE L'AMOUR ?"
QU'EST-CE QUE TU REGARDES ?
RIEN...

JE ME DEMANDAIS S'IL ÉTAIT VRAIMENT SI BIEN QUE ÇA...
HA HA HA ! TON VISAGE ?
ON T'A ENCORE FAIT UNE DÉCLARATION ?
BAH... C'EST JUSTE PARCE QUE C'EST MOI QUI SUIS SOUS LEUR NEZ.
? HEIN ?
JE SUIS PAS TRÈS CALÉ SUR LA QUESTION, MAIS...
JE NE PENSE PAS QUE TOUT LE MONDE VIENDRAIT TE DIRE ÇA SI C'ÉTAIT JUSTE UNE QUESTION DE BELLE GUEULE.
MAIS... ON NE S'EST JAMAIS PARLÉ.
JE ME DEMANDE BIEN CE QU'ELLES PEUVENT CONNAÎTRE DE MOI, À PART MA TÊTE.
PEUT-ÊTRE QU'ELLES ONT SECRÈTEMENT ASSISTÉ À TES BONNES ACTIONS ?
...

QUAND J'ACHÈTE UN BENTÔ, JE REFUSE LES BAGUETTES JETABLES, MAIS À PART ÇA...
QUEL ENGAGE-MENT !
LUI, C'EST ADACHI, EN 2E ANNÉE.
ILS SE RETROUVENT ICI DE TEMPS EN TEMPS, À LA PAUSE DÉJEUNER, ET EN SONT VENUS À DISCUTER DE TOUT ET DE RIEN, TOUT SIMPLEMENT.
POUR LE MOMENT, TOUT CE QU'ATAMI SAIT DE LUI C'EST...
SON NOM...
QU'IL A UN AN DE PLUS...
QU'IL A SOUVENT LE NEZ DANS UN LIVRE...
ET QUE QUAND ATAMI LE DÉRANGE DANS SA LECTURE...
OH ! ELLE EST ÉNORME, CETTE FOURMI.
T'AS RAISON, DIS DONC.
ÇA TE FAIT PAS PEUR ?
LA CLASSE.
ÇA N'A PAS L'AIR DE L'EMBÊTER PLUS QUE ÇA.

DING DONG DANG DONG
C'EST TOUT.
C'EST CE "LA PLUPART" QUI ME FAIT PEUR.
AU JAPON, LA PLUPART DES FOURMIS SONT SANS DANGER, APPAREM-MENT.
CLIC CLIC
ET MAINTENANT, IL SAIT AUSSI QU'UNE FOURMI L'A MORDU.
UNE FOURMI M'A MORDU QUAND J'ÉTAIS PETIT ET ÇA PIQUAIT VACHEMENT... DEPUIS, J'EN AI UN PEU PEUR...
À PLUS.
1 - 2
VRAIMENT RIEN DE PLUS, ET POUR-TANT...
IL NE SAIT...

...
ATAMI.
MONSIEUR ATAMI...
HÉ !
TOUT VA BIEN ?
JE SERAIS ...
TOMBÉ AMOUREUX DE LUI ?
TU VEUX ALLER À L'INFIRMERIE ?
MONSIEUR...
IL A SECOUÉ LA TÊTE.
BON, ON VA LE LAISSER TRANQUILLE POUR L'INSTANT ...
MADEMOISELLE KAWAKAMI, ALORS.
AH... OUI !
SI ATAMI SE PREND LITTÉRALEMENT LA TÊTE, C'EST POUR UNE BONNE RAISON.
POINT NE SAIS-JE DURANT QUEL RÈGNE IL ADVINT QUE PARMI CONCUBINES, SERVANTES ET MOULTS SAMOURAÏS SE...
NON... JE N'EN SUIS...
PAS ENCORE CERTAIN, MAIS...
IL A UN SECRET.

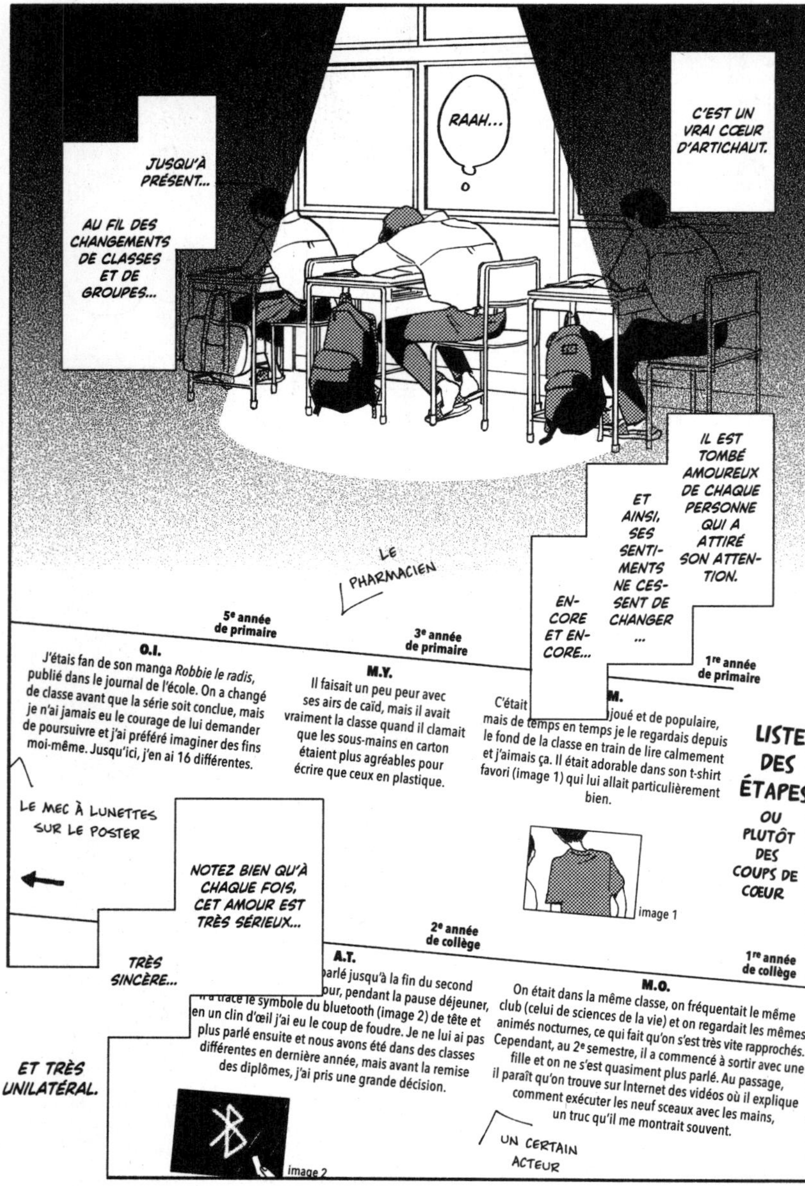
C'EST UN VRAI CŒUR D'ARTICHAUT.
RAAH...
JUSQU'À PRÉSENT...
AU FIL DES CHANGEMENTS DE CLASSES ET DE GROUPES...
IL EST TOMBÉ AMOUREUX DE CHAQUE PERSONNE QUI A ATTIRÉ SON ATTENTION.
ET AINSI, SES SENTIMENTS NE CESSENT DE CHANGER...
ENCORE ET ENCORE...
LE PHARMACIEN
LISTE DES ÉTAPES OU PLUTÔT DES COUPS DE CŒUR
1re année de primaire
M.
C'était joué et de populaire, mais de temps en temps je le regardais depuis le fond de la classe en train de lire calmement et j'aimais ça. Il était adorable dans son t-shirt favori (image 1) qui lui allait particulièrement bien.
image 1
3e année de primaire
M.Y.
Il faisait un peu peur avec ses airs de caïd, mais il avait vraiment la classe quand il clamait que les sous-mains en carton étaient plus agréables pour écrire que ceux en plastique.
5e année de primaire
O.I.
J'étais fan de son manga Robbie le radis, publié dans le journal de l'école. On a changé de classe avant que la série soit conclue, mais je n'ai jamais eu le courage de lui demander de poursuivre et j'ai préféré imaginer des fins moi-même. Jusqu'ici, j'en ai 16 différentes.
LE MEC À LUNETTES SUR LE POSTER
NOTEZ BIEN QU'À CHAQUE FOIS, CET AMOUR EST TRÈS SÉRIEUX...
TRÈS SINCÈRE...
ET TRÈS UNILATÉRAL.
1re année de collège
M.O.
On était dans la même classe, on fréquentait le même club (celui de sciences de la vie) et on regardait les mêmes animés nocturnes, ce qui fait qu'on s'est très vite rapprochés. Cependant, au 2e semestre, il a commencé à sortir avec une fille et on ne s'est quasiment plus parlé. Au passage, il paraît qu'on trouve sur Internet des vidéos où il explique comment exécuter les neuf sceaux avec les mains, un truc qu'il me montrait souvent.
UN CERTAIN ACTEUR
2e année de collège
A.T.
parlé jusqu'à la fin du second
our, pendant la pause déjeuner,
le symbole du bluetooth (image 2) de tête et en un clin d'œil j'ai eu le coup de foudre. Je ne lui ai pas plus parlé ensuite et nous avons été dans des classes différentes en dernière année, mais avant la remise des diplômes, j'ai pris une grande décision.
image 2

LA PREMIÈRE FOIS QU'IL A OSÉ L'AVOUER, C'ÉTAIT LE JOUR DE LA REMISE DES DIPLÔMES DE FIN DE COLLÈGE.
COMME ILS RISQUAIENT DE NE PLUS SE REVOIR ENSUITE...
IL S'EST DIT QU'IL VALAIT MIEUX QU'IL EXPRIME SES SENTIMENTS.
...
NON, JE CROIS QUE TU FAIS ERREUR.
EUH... À QUEL SUJET ?
ÇA, IL N'A JAMAIS PU LE DEMANDER.
ET DÉSORMAIS, CES SENTIMENTS REJETÉS...

FLOTTENT DANS L'AIR, À LA DÉRIVE.
DEPUIS...
IL IGNORE COMMENT RÉAGIR À L'AFFECTION.
QUE CE SOIT LA SIENNE OU CELLE DES AUTRES...
IL NE SAIT PAS QUOI EN FAIRE.
HMM...
AVOIR DE L'ATTIRANCE POUR QUELQU'UN NE SIGNIFIE PAS FORCÉMENT L'AIMER...
ENFIN, C'EST CE QUE JE SUPPOSE, MAIS BON...
PENSE-T-IL EN FRONÇANT SES RAVISSANTS SOURCILS.

ET VOILÀ COMMENT IL SE RETROUVE BIEN EMBARRASSÉ.
FOUAAH...
SI LES TEMPÉRATURES MONTENT ENCORE, ON NE POURRA BIENTÔT PLUS VENIR ICI.
...
RAH... JE NE SAIS PAS...
ATAMI, ÇA SE PASSE BIEN AVEC TA CLASSE ?
HEIN ?
JE VEUX DIRE, TU VIENS SOUVENT ICI.
AH... BAH, COMME CI COMME ÇA... C'EST JUSTE QU'IL Y A BEAUCOUP DE MONDE, ALORS...
T'ES FILS UNIQUE ?
?
OUI.
C'ÉTAIT DONC ÇA... C'EST L'AURA QUE TU DÉGAGES.
UNE AURA D'ENFANT UNIQUE ?
...
VOUS PARLEZ DE QUOI, DANS TA FAMILLE ?

T'ES PAS OBLIGÉ DE ME LE DIRE SI T'AS PAS ENVIE.
MA FAMILLE ?
SIMPLE CURIOSITÉ
SI, ÇA VA...
MA FAMILLE... C'EST JUSTE MON PÈRE ET MOI, ET ON SE VOIT PEU EN SEMAINE.
IL EST TOUJOURS PRIS PAR SON TRAVAIL.
ET LES JOURS DE REPOS... CHACUN VAQUE À SES OCCUPA-TIONS.
ON NE S'ENTEND PAS MAL, POUR-TANT.
COMMENT TU FAIS POUR LES REPAS ?
BAH... JE CUISINE OU J'ACHÈTE DU TOUT PRÊT, ÇA DÉPEND.
JE VOIS.
ET TOI, ADACHI ?
MON PÈRE VIT LOIN DE LA MAISON POUR SON TRAVAIL, ALORS JE DISCUTE SURTOUT AVEC MA MÈRE ET MA GRANDE SŒUR...
MAIS 90 % DU TEMPS, ON PARLE DE NOURRITURE.
IL A UNE SŒUR AÎNÉE...
...
TU VEUX VENIR MANGER...
CHEZ MOI ?
ET ILS PARLENT DE NOURRI-TURE.
J'Y PENSE.

C'EST À CÔTÉ DE LA GARE...
DONC PAS DE SOUCI POUR TA CARTE DE TRANSPORT.
JE...
JE VEUX BIEN !
AH, MAIS SI TU NE TE VOIS PAS MANGER UN REPAS CUISINÉ PAR QUELQU'UN D'AUTRE, PAS DE...
JE VAIS MANGER CHEZ LUI ?
ATAMI...
OHÉ !
M. ATAMI.
BIEN...

MANGER CHEZ LUI...
IL EST UN PEU BIZARRE, NON ?
TU ES SÛR QUE JE PEUX VENIR ?
PAS DE SOUCI, T'INQUIÈTE.
...
MAIS ÇA NE VA PAS DÉRANGER D'AJOUTER QUELQU'UN EN PLUS ?
POUR LA PERSONNE QUI CUISINE, JE VEUX DIRE.
JE SUIS RENTRÉ.
BON RETOUR.
JE TE PRÉSENTE ATAMI.
AH !
OH !
BIENVENUE.

TU POURRAIS POSER TON RING FIT, QUAND MÊME.
AU CONTRAIRE, TU NOUS SAUVES. ON A UNE TONNE DE CURRY À MANGER.
PARDON DE M'IMPOSER SI SOUDAINE-MENT.
C'EST MOI !
AH, TA SŒUR TOMBE À PIC ! SORS UNE ASSIETTE DE PLUS.
D'AC.
VRAAM
BON RETOUR !
BON RETOUR.
JE SUIS REN...
...
HARU ?

* TABLIER ANTI-TACHES DE CURRY.

NON, JE SUIS DANS AUCUN CLUB.
TOI NON PLUS ?
NON PLUS.
ALORS TU LE DRAGUES ?
ÇA DOIT DONNER CETTE IMPRESSION, JE SUPPOSE ...
HEIN ?
JE SUIS TOMBÉ SUR LUI ET JE LUI AI PARLÉ, QUOI.
TU AS TOUJOURS ADRESSÉ LA PAROLE À TOUT CE QUI T'ENTOURE, MÊME LES INSECTES.
C'EST INSULTANT DE METTRE ATAMI DANS LE MÊME SAC QUE LES INSECTES.
DÉSOLÉE POUR ÇA.
MONCH MONCH
AU MILIEU DE CE BADINAGE...
ET CE CURRY ALORS ? PAS TROP ÉPICÉ, ÇA VA ?
OH... AH, IL EST DÉLICIEUX !
IN-CROYABLE !
TANT MIEUX. MANGE TANT QUE TU VEUX.
ATAMI RESSENTAIT LE QUOTIDIEN D'ADACHI.
T'AS PAS MIS DE CÉBETTE.
NON, ON N'EN A PLUS.
POUR ÊTRE FRANCHE, JE N'AI JAMAIS TROUVÉ QUE ÇA SE MARIAIT BIEN AVEC LE CURRY.
HEIN ? AH BON ?
JE TROUVE QUE LES PICKLES DE RADIS VONT MIEUX AVEC.

CE DERNIER FAISAIT MINE DE NE PAS ÉCOUTER LES CONVERSATIONS TOUT EN...
S'Y INTÉRESSANT DE PRÈS.
DE TOUTE FAÇON, LA PLUPART DES PICKLES SONT À BASE DE RADIS.
IL AVAIT L'IMPRESSION DE MIEUX COMPRENDRE...
L'ATMOSPHÈRE QUI L'ENTOURAIT.
QU'EST-CE QU'ON SERT POUR ACCOMPAGNER LE CURRY CHEZ TOI, ATAMI ?
HEIN ? EUH... CHEZ MOI...
VOUS DEMANDEZ DES INFOS AUSSI PERSONNELLES COMME ÇA, VOUS ?
OH ! DÉSOLÉE, C'ÉTAIT INDISCRET ?
HEIN ? NON, PAS DU TOUT.
C'ÉTAIT LA PREMIÈRE FOIS QU'ATAMI PARLAIT DE SA FAMILLE...
SANS S'ENTENDRE RÉPONDRE...
CHEZ MOI, EH BIEN... ON MET SOUVENT DE L'ACHAAR PAR EXEMPLE...
Achaar
(PICKLE D'OIGNON)
DE L'ACHAAR ?
QU'IL ÉTAIT "BIEN COURAGEUX" OU "BIEN MALHEUREUX".

"JE VOIS."
ÇA A L'AIR BON, ÇA, L'ACHAAR.
J'ESSAIE-RAI D'EN FAIRE LA PROCHAINE FOIS.
ACHAAR
ÇA VIENT DE QUEL PAYS ?
INDE, PAKISTAN, CES COINS-LÀ. APPAREMMENT.
HMM...
ATAMI, S'IL NE RESTAIT PLUS QU'UN SEUL LÉGUME SUR TERRE, TU VOUDRAIS QUE CE SOIT LEQUEL ?
UN SEUL LÉGUME...
C'ÉTAIT DONC VRAI, ILS NE PARLENT QUE DE NOURRI-TURE...
MERCI POUR CE REPAS.
JE T'EN PRIE.
FAIS ATTEN-TION EN RENTRANT.
ATAMI !
REVIENS DÎNER QUAND TU VEUX, VRAIMENT.
SI TU N'AS PAS ENVIE DE CUISINER OU QUELLE QUE SOIT LA RAISON, TU ES LE BIENVENU.
CARRÉ-MENT !

TOUT LE MONDE EST TELLEMENT GENTIL.
DE QUOI ?
TA FAMILLE.
HEIN ? AH BON ?
OUI.
LYCÉE
MAISON D'ATAMI
GARE A
15 MINUTES ENVIRON
MAISON D'ADACHI
GARE B
ET EN PLUS, C'EST ASSEZ PROCHE DE CHEZ MOI.
C'EST CLAIR, ÇA M'A ÉTONNÉ AUSSI.
IL LE RACCOMPAGNE JUSQU'À LA GARE A.
AU FAIT, JE SUIS DÉSOLÉ.
POUR TOUT À L'HEURE.
ON AURAIT PRESQUE PU ÊTRE DANS LE MÊME COLLÈGE...
HEIN ?
JE SAIS PAS POURQUOI, MAIS ELLES ADORENT DEMANDER AUX GENS DE CLASSER LA BOUFFE.
ELLES LÂCHENT JAMAIS L'AFFAIRE.
C'EST VRAI... MAIS JE SUIS QUAND MÊME DÉSOLÉ DE NE JAMAIS AVOIR TROUVÉ QUOI RÉPONDRE.
JE T'EN SUPPLIE, NE PERDS PAS UNE SECONDE DE TA VIE À TE SOUCIER DE ÇA.

J'Y RÉFLÉCHIRAI QUAND MÊME EN RENTRANT.
SI ÇA T'AMUSE...
ET PUIS COMME ÇA, TU POURRAS NOUS DONNER TON CLASSEMENT QUAND TU REVIENDRAS.
ADACHI...
HMM ?
TU ES DÉJÀ TOMBÉ AMOUREUX ?
月極

HEIN ? POURQUOI, TOUT À COUP ?
NON, JUSTE COMME ÇA.
ÇA... M'ARRIVE, OUI.
ALORS J'AIMERAIS TE POSER UNE QUESTION...
SI TU PERMETS.
QUOI ?
TU VEUX BIEN QU'ON SE POSE UNE MINUTE ?
HEIN ? POURQUOI ?
OH...
NON...
募集中
JE COMPRENDS PAS...
POURQUOI CETTE PERSONNE T'A DIT ÇA.

J'AI EU BEAU Y RÉFLÉCHIR, PAS MOYEN.
MAIS LE PIRE...
CE QUI M'A FAIT LE PLUS MAL, CE N'EST PAS TANT SON REFUS...
QUE L'IDÉE QUE MES SENTIMENTS NE LUI SONT PAS PARVENUS.
T'AS RIEN FAIT DE MAL, ATAMI.
JE L'AI PEUT-ÊTRE BLESSÉ...
ZUT...
HEIN ?
NON. JE N'Y COMPRENDS PAS GRAND-CHOSE, MAIS...
EN FAIT, C'EST PLUTÔT QUE PERSONNE NE SAIT QUELLE EST LA BONNE RÉPONSE, TU CROIS PAS ?
DEUX PERSONNES PEUVENT CROIRE QU'ELLES POINTENT LA MÊME ÉTOILE DU DOIGT ET MALGRÉ TOUT, REGARDER DEUX ASTRES DIFFÉRENTS.
ELLES N'EN ONT MÊME PAS CONSCIENCE.
HEIN ?
C'EST ROMANTIQUE COMME EXEMPLE...

ET EN FAIT, QU'ELLES VOIENT LA MÊME CHOSE OU PAS N'A PROBABLEMENT AUCUNE IMPORTANCE.
L'ESSENTIEL, C'EST QU'ELLES PARTAGENT LA CONSCIENCE DE REGARDER DANS LA MÊME DIRECTION...
TA MÉTAPHORE EST DE PLUS EN PLUS COMPLEXE.
EUH...
EN D'AUTRES TERMES...
SI C'EST CE QU'ELLES PENSENT, ELLES ONT LEUR BONNE RÉPONSE !
J'ARRÊTE PAS DE PARLER, ÇA ME GÊNE À LA FIN !
ENFIN, SI ELLES FINISSENT PAR SORTIR ENSEMBLE, IL FAUDRA SÛREMENT QU'ELLES AJUSTENT QUELQUES TRUCS...
J'EN SAIS RIEN, REMARQUE.
CECI DIT...
SI TU ES TOUJOURS AMOUREUX DE CETTE PERSONNE...
JE PENSE QUE TU DEVRAIS TROUVER UN MOYEN DE LUI COMMUNIQUER TES SENTIMENTS.
PEUT-ÊTRE QUE...
NON, SI JE DOIS FAIRE ÇA...

ALORS JE DOIS T'AVOUER QUE C'EST DE TOI...
QUE JE SUIS AMOUREUX...

ACTUELLE-
MENT.
OH... C'ÉTAIT DONC ÇA...
EUH...

JE SUIS VRAIMENT DÉSOLÉ.
ALORS JE NE PEUX PAS...
MOI AUSSI, JE SUIS AMOUREUX DE QUELQU'UN.
ATAMI A VU LE TOURBILLON DES CHEVEUX D'ADACHI.
AH BON...
OH... UN TOURBIL-LON.

IL A RESSASSÉ TOUTES SES PENSÉES JUSQU'ICI...
ET QUAND IL EST REVENU À LA RÉALITÉ, IL ÉTAIT SUR LE CHEMIN SI FAMILIER QUI MENAIT CHEZ LUI.

JE ME SUIS PRIS UN RÂTEAU...
"MAIS JE TE REMERCIE."
PROPRE ET NET.
OH...
OH...

CLAC
TE REVOILÀ ENFIN.
TU L'AS RACCOMPAGNÉ JUSQUE CHEZ LUI ?
HM...
N'EMPÊCHE...
IL EST VRAIMENT BEAU GOSSE, CET ATAMI.
PAS VRAI ?
C'EST VRAI.
J'AI TENU MA LANGUE, MAIS...
J'AVAIS L'IMPRESSION QUE SI JE M'ÉCOUTAIS, J'ALLAIS M'AGENOUILLER DEVANT LUI.

ÉVITEZ DE VOUS AGENOUILLER.
GLOUB
ÉVIDEMMENT. MAIS IL DOIT EN BAVER, PARFOIS.
JE N'IMAGINE PAS LES GALÈRES QUE C'EST, D'ÊTRE AUSSI BEAU.
CLAP
C'EST CLAIR.
EN TOUT CAS, REDIS-LUI BIEN DE VENIR QUAND IL VEUT.
C'EST RASSURANT POUR LES JEUNES, D'AVOIR UN ESPACE ACCUEILLANT EN CAS DE BESOIN.
GLOU
SURTOUT S'IL EST PROCHE DE CHEZ LUI.
JE ME DEMANDE...
S'IL REVIENDRA...
ET EN PLUS...
MON ESPACE À MOI, ON EN PARLE ?
QU'EST-CE QUE TU MARMONNES ? TU ES EN MANQUE D'ATTENTION ?
N'IMPORTE QUOI.
BIP
BIP
BIP
BIP
BIP
BIP

ピ BIP
ピ BIP
J'AI DORMI COMME UNE SOUCHE...
ピ BIP
ピ BIP
ピ BIP
ピ BIP
IL FAIT UN TEMPS MAGNIFIQUE...
OUVERTURE DES PORTES...
BADAM
LE TRAIN EST À L'HEURE...
BADAM
MES JAMBES AVANCENT D'ELLES-MÊMES...
ATAMI S'EN DOUTAIT MAIS...
MÊME APRÈS UN RÂTEAU, LA VIE CONTINUE COMME SI DE RIEN N'ÉTAIT.
ÉVIDEMMENT...

...
S'IL POUVAIT PENSER AINSI, C'ÉTAIT PEUT-ÊTRE...
MAIS...
BONJOUR.
HOP LÀ.
TU ES BIEN RENTRÉ, HIER ?
C'EST LE CHEMIN QUE JE PRENDS TOUS LES JOURS, DEPUIS LA GARE.
C'EST VRAI.

JE SUIS DÉSOLÉ D'AVOIR ÉTÉ SI SOUDAIN.
COMMENT ÇA...
BAH, POUR LES TRUCS BIZARRES QUE JE T'AI DITS.
C'ÉTAIT PAS SPÉCIALEMENT BIZARRE.
ÇA M'A JUSTE SURPRIS.
MAIS ÇA M'A FAIT DU BIEN...
DE RECEVOIR UNE SENTENCE CLAIRE.
JE SUIS APAISÉ.
UNE SENTENCE ...
JE ME SENS PLEIN DE GRATITUDE...
IL FAIT BEAU...
ON PARLE MÉTÉO ?
VRAIMENT...
PROFONDE COURBETTE.
MERCI INFINIMENT.
...
ET SINON ...

J'AURAI LE DROIT DE REVENIR CHEZ TOI ?
SWUT
TU REVIENS ABSOLUMENT QUAND...
TU VEUX.
BIEN !
ALORS PERMETS-MOI DE REVENIR VENDREDI PROCHAIN, S'IL TE PLAÎT.
ÇA ROULE ...
À PLUS.
TAP

…
CLAC
HAA…
MÊME S'IL LUI AVAIT MIS UN RÂTEAU…
ADACHI LUI AVAIT PARLÉ NORMALEMENT.
QUEL SOULAGEMENT…

LA SENTENCE... LA SENTENCE ...
EUH...
TOGAWA, JE PENSE QUE JE NE POURRAI JAMAIS...
SORTIR AVEC TOI DE TOUTE MA VIE.
MAIS...
SNIF
ダッ
TAP
MERC...
AH.

VEN-DREDI...
ZWUT
RAAH...
C'EST COMPLIQUÉ, LES HU-MAINS...
JE DOIS RAMASSER LES CAHIERS DE MATHS.
DÉSOLÉ.
T'ES RÉVEILLÉ ?
VIOUP
ET TU N'ÉTAIS PAS LÀ TOUT À L'HEURE ALORS...
AH...
JE DIS ÇA COMME ÇA, MAIS ON EST DANS LA MÊME CLASSE, TU SAIS.
QUI C'EST ?
OUI...

{ CHAPITRE 1 } FIN

Achaar
(PICKLE D'OIGNON)

ÉCOUTE TON CŒUR, ATAMI !

CHAPITRE 2 JEUX DE SOCIÉTÉ, FILS ET H24

...
HEY !

JE T'AI FAIT ATTENDRE ?
C'ÉTAIT QUOI CE "HEY" ?
HEIN ? TU DIS PAS ÇA QUAND T'APPELLES QUELQU'UN ?
NON.
OH...
DEPUIS SON PREMIER DÎNER, ATAMI A PRIS L'HABITUDE D'ALLER MANGER CHEZ ADACHI TOUS LES VENDREDIS.
J'AI ESSAYÉ DE PRÉPARER DE LA MARGOSE COMME TU L'AVAIS CONSEILLÉ L'AUTRE FOIS. EH BIEN C'ÉTAIT DÉLICIEUX !
OUAIS.
OH, VRAIMENT ?
TANT MIEUX.
C'EST CLAIR, TROP BON.
ÇA CASSE LA ROUTINE DES REPAS, ALORS MERCI À TOI.
RÉFLÉCHIR AUX MENUS TOUS LES JOURS, C'EST VRAIMENT LA PIRE CORVÉE.
SOUPE MISO AU CHOU.
RIZ AU PORC PANÉ.
POUR MOI AUSSI, JE CHERCHE JUSTE DES IDÉES EN LIGNE.
TU ES APPLIQUÉ !
AU FAIT ATAMI...
TU AS DES PRÉFÉRENCES ?
EUH...

TU AIMES LES JEUX DE SOCIÉTÉ ?
NOUS Y VOILÀ.
COMME OTHELLO, VOUS VOULEZ DIRE ?
...
OH, JE VOIS !
J'AI ENFIN INTÉGRÉ LES RÈGLES.
TU AS PRIS LE COUP ?
C'EST TROP BIEN...
PAS VRAI ?!
SI TU LUI MONTRES TROP D'ENTHOU-SIASME, ELLE TE LÂCHERA JAMAIS.
C'EST CLAIR.
ON EN REFAIT UNE ?
ATAMI, ÇA NE VA PAS FAIRE TROP TARD ?
PAS DE SOUCI POUR MOI...
TU PEUX MÊME DORMIR À LA MAISON SI TU VEUX !
...
IL N'Y A PAS ÉCOLE DEMAIN.
SI TU N'AS RIEN DE PRÉVU...
AH...
IL FAUDRA JUSTE PRÉVENIR TA MÈRE.
CLAIR.

COMME VOTRE FILS M'A MIS UN RÂTEAU, ÇA RISQUE DE LE METTRE UN PEU MAL À L'AISE.
MAIS...
PFFRR
HEIN ?
HEIN ?!
SI JE DORS CHEZ VOUS...
CE SERAIT ASSEZ...
ASSEZ QUOI ?
ATTENDEZ UN PEU...
C'EST QUOI CETTE HISTOIRE ?

DÉCÉDÉ.
SÉRIEUX ?
NON, NON. C'EST MOI QUI LUI AI DIT QUE J'AIMERAIS REVENIR, ALORS IL M'A PERMIS DE LE FAIRE...
IL N'A PAS DE CŒUR OU QUOI ?!
CET ABRUTI T'INVITE CHEZ LUI ALORS QU'IL T'A REJETÉ ?
ÇA CRAINT.
ARRÊTE DE M'APPELER "VOTRE FILS"...
...
JE NE VOUDRAIS PAS METTRE VOTRE FILS MAL À L'AISE...
SANS PARLER DU RÂTEAU, SE COLTINER CETTE FAMILLE ET MÊME LES JEUX DE SOCIÉTÉ...
INCROYABLE... ÇA NE TE DÉRANGE PAS ?
NON, PAS DU TOUT, C'EST JUSTE QUE...
DÉSOLÉES POUR TOUT ÇA.
PARFOIS...
SANS PENSER À MAL, ATAMI PARLE À TORT ET À TRAVERS.

NOUS N'EN AVIONS AUCUNE IDÉE ET...
NON, NON. C'EST MOI QUI COMPLIQUE LES CHOSES.
ENFIN... MALGRÉ TOUT...
BREF, SI TU N'Y VOIS PAS D'INCONVÉNIENT, REVIENS NOUS VOIR BIENTÔT.
J'AI ENCORE PLEIN DE JEUX !
...
チリ CLING
チリ CLING
チリ CLING
チリ CLING
チリ CLING
チリ CLING
...
チリ CLING
C'ÉTAIT DÉPLACÉ...
CE QUE J'AI DIT ?

Mais si tu considères la possibilité de leur présenter une ou un futur partenaire...
Il vaut mieux dissiper tout malentendu maintenant, non ?
Mais...
Je pense que ce sera plus facile de continuer à nous voir comme ça.
Enfin, ça me dérange pas...
C'est juste que...
Chez moi, on parle jamais de ces trucs-là alors c'était un peu...
ドドドドド
BOBOM BOBOM BOBOM
Un peu déconcertant, c'est tout...
Ah...
Désolé.
J'ai tendance à oublier que les membres de ma famille aussi savent ce que c'est que l'amour.
Ah oui ?
Pas toi ? Vous parlez de romance, dans ta famille ?
Chez moi... bah je ne dis rien...
...
Et mon père a probablement quelqu'un, mais il n'en parle pas non plus.
Probablement ?
Une petite amie ? Je crois... je suppose...
C'est vrai.
Il est divorcé de toute façon, il a bien le droit.

MAIS BON, JE N'AI PAS L'INTENTION DE CHERCHER À SAVOIR.
T'AS RAISON ...
AU FAIT, CE QUE TU M'AS DIT L'AUTRE JOUR...
CE GARÇON DE TA CLASSE.
COMMENT C'ÉTAIT...
EUH...
WATANO ?
C'EST ÇA.
ON S'EST REPARLÉ UNE FOIS DEPUIS.
OH !
ENFIN ...
ON S'EST JUSTE DIT BONJOUR, QUOI.
APRÈS TOUT, C'EST IMPOR-TANT LES SALUTA-TIONS...

SI ÇA NE T'INTÉRESSE PAS, NE DEMANDE PAS.
NON, JE... BAH UN PEU, QUOI.
CLAC
BON RETOUR.
MERCI. TU AS MANGÉ CORRECTE-MENT ?
OUI.
TU VEUX QUE JE TE PRÉPARE UN TRUC ?
ÇA IRA, MOI AUSSI J'AI MANGÉ.

SINON, LE BAIN EST CHAUD ?
OUI.
J'Y VAIS ALORS.
VRAAAM
...
AH... ALORS COMME ÇA, IL LANCE LA DISCUSSION À PROPOS DE WATANO...
EST-CE QUE ÇA VEUT DIRE...
QU'IL CONSIDÈRE QUE...
LE SUJET EST CLOS POUR LE MOMENT ?
CECI DIT, C'EST VRAI QU'IL EST CLOS EN FAIT...
MAIS QUAND MÊME...

QUAND MÊME...
ぼすっ PLORF
IL EST SI GENTIL...
ON A BEAU DIRE, LES SENTIMENTS SONT CE QU'ILS SONT...
C'EST AINSI.
ET C'EST POURQUOI, QUELQUE PART...
POUR ATAMI...
...
LE SUJET N'ÉTAIT PAS CLOS DU TOUT.
RAAH... JE N'Y COMPRENDS VRAIMENT RIEN !
KÔTA, TU DEVRAIS ALLER AU BAIN AVANT QUE ÇA REFROIDISSE.
D'ACCORD...
ET POUR DEMAIN ? TU AS DES PROJETS ?
FWUT もぞ

LE PÈRE D'ATAMI...
DEMAIN ?
NON, PAS VRAIMENT...
AH...
FAIT PARTIE DE CES GENS QUI TOURNENT LEURS VOLONTÉS COMME DES QUESTIONS.
JE VOUDRAIS ALLER QUELQUE PART.
ÇA TOMBE BIEN.
MOI AUSSI JE SORS.
TU POURRAS TE DÉBROUILLER À NOUVEAU POUR LE SOIR ?
DIS-MOI SI TU AS BESOIN D'ARGENT.
NON, ÇA IRA.
POUR FAIRE SIMPLE, POUR COMMUNIQUER, IL SE CONTENTE...
D'ENVOYER LA BALLE À SON INTERLOCUTEUR.
IL VOULAIT POUVOIR SORTIR SANS AVOIR À S'INQUIÉTER DE QUOI QUE CE SOIT...
ALORS IL ESPÉRAIT QUE J'AIE DES PROJETS, MOI AUSSI...
QUAND ON A L'HABITUDE ...
C'EST SIMPLE ...
JE VAIS AU BAIN.
ÇA MARCHE. J'IRAI ME COUCHER DÈS QUE J'AURAI FINI DE BOIRE ÇA, MOI.
BONNE NUIT, ALORS.
MERCI.
PENSE À TE BROSSER LES DENTS.
OUI, OUI.

BLAM
CLANG
CLANG
HMM...
BLAM
CLAC
IL EST TÔT...
FSHAA
FSHAA
IL SERA DEHORS TOUTE LA JOURNÉE ?
AH, LA MACHINE À LAVER A FINI.
COOL.
VRRRB

AU COLLÈGE, ON L'A INCLUS DANS LE GROUPE DE DISCUSSION DE SA CLASSE SANS LUI DEMANDER SON AVIS.
CONVERSATIONS
RECHERCHE
TOI
VOUS A ENVOYÉ UN GIF
GURI
SALUT. ÇA FAIT LONGTEMPS ! ET SI...
LIVRAISONS
VOTRE COLIS N°...
À PRÉSENT, ATAMI REÇOIT DONC RÉGULIÈREMENT DES MESSAGES DE GENS DONT IL SE RAPPELLE À PEINE LE VISAGE.
J'AVAIS QUITTÉ LE GROUPE, POURTANT...
ILS ARRIVENT LES UNS APRÈS LES AUTRES.
PAPA
COMPRIS.
ADA (ADACHI)
VOUS A ENVOYÉ UN GIF
PLUS ANCIENS
TOUT VOIR
LES JOURS DE CONGÉ... ILS S'INVITENT À SORTIR...
ET AUTRES.
À QUEL POINT IL FAUT DEVENIR PROCHE DE QUELQU'UN POUR FAIRE ÇA ?
...
MOI, JE NE POURRAIS PAS... ÇA ME FERAIT TROP MAL QU'ON REJETTE MON INVITATION.
Raaah...
は
C'EST MORT, C'EST MORT !
PFF... QU'EST-CE QUE JE VAIS MANGER CE SOIR ?

TAP
TAP
TANT MIEUX.
HMM... GRÂCE À TOI, DISONS.
ÇA S'EST BIEN PASSÉ ? APRÈS MON DÉPART ?
IL FAIT CHAUD, HEIN ?
...

AU FAIT...
UN TRUC M'INTRIGUE...
EUH...
ÇA TE DÉRANGE VRAIMENT PAS...
DE VENIR CHEZ MOI ?
SI ÇA TE DÉPLAÎT À TOI ADACHI, J'ARRÊTE.
PLORF
MOI ?
POUR-QUOI ?
BAH...
JE NE SAIS PAS, POUR UNE RAISON OU UNE AUTRE...

NON, MOI PAS DU TOUT...
ÇA ME TRAVAILLE, DEPUIS L'AUTRE SOIR.
MAIS JUSTEMENT, CE "PAS DU TOUT" MANQUE DE TACT, IL PARAÎT...
...
PAS EXACTEMENT H24, MAIS...
TU Y AS PENSÉ TOUT LE TEMPS DEPUIS SAMEDI ?

H12, JE DIRAIS.
?
AH... 12 H SUR 24, DONC ?
JE CROIS QUE JE RÉFLÉCHIS PAS ASSEZ ...
ET QU'IL M'ARRIVE DE DIRE DES CHOSES INCONSIDÉRÉES.
FLAAAAAAP
FLAP FLAP
ALORS SI QUELQUE CHOSE TE CHIFFONNE, JE VOUDRAIS...
QUE TU ME LE DISES.
HOP !
ひょいっ
YOP
JE NE CROIS PAS QUE TU MANQUES DE TACT.
ALORS... TANT MIEUX.

FIGURE-TOI QU'ELLES S'INQUIÈTENT POUR TOI, À LA MAISON.
C'EST GENTIL.
PAR CONTRE, JE CROIS QU'ELLES ONT AUCUNE CONFIANCE EN MOI.
J'AIME BIEN TA FAMILLE. VOUS ÊTES INTÉRESSANTS.
JE VOIS PAS CE QUE TU NOUS TROUVES... QUOIQUE OUI, LES FAMILLES DES AUTRES SONT TOUJOURS UN PEU INTÉRESSANTES.
PAS LA MIENNE.
JE SUIS MAL PLACÉ POUR JUGER, JE SUPPOSE...
MAIS JE PERSISTE, ELLE EST TOTALEMENT ININTÉRES-SANTE.
SANS L'OMBRE D'UN DOUTE.
OH, UNE SAUTE-RELLE.
HMM...

PAR LA SUITE…
OU EN PIQUANT DU NEZ DEVANT UNE PARTIE DE SHOGI…
EN MANGEANT UN IMPROBABLE PLAT DE PÂTES À BASE DE RESTES…
EN BATAILLANT AVEC SA RÉDACTION D'ANGLAIS, SA BÊTE NOIRE…
ATAMI SONGEAIT QUE, PEUT-ÊTRE…
ADACHI ÉTAIT EN TRAIN DE MÉDITER SUR SES FAITS ET GESTES.

ÇA L'AVAIT SURPRIS.
GÉNIAL...
IL PENSAIT ALORS QUE LES CHOSES ÉTAIENT AUSSI BIEN COMME ÇA...
ET QU'IL SE SENTAIT...
TOUT SIMPLEMENT À L'AISE AVEC ADACHI.
AINSI...

À CET INSTANT...
C'ÉTAIT CE QU'IL APPRÉCIAIT LE PLUS ET...
... MI...
POUR LE MOMENT CE SIMPLE FAIT...
ME SUFFIT.
MONSIEUR ATAMI.
OUI ?
AH ! ON EST EN PROGRÈS, AUJOURD'HUI.
QUELLE BONNE NOUVELLE.
DING
DONG
DANG
DONG
OH.

OH, ATAMI !
GLOUPS
TU T'EN VAS ?
OUI...
C'EST QUI ?
ÇA MARCHE.
BYE BYE !
FAIS GAFFE À TOI !
ET JE SUIS LE SEUL À QUI IL FAIT UN SIGNE DE LA MAIN !
QU'EST-CE QUE TU EN PENSES ?
BAH QU'EN GÉNÉRAL, IL NE FAIT PAS DE SIGNES DE MAIN.
C'EST TOUT.

CHAPITRE 3 { CAVALIER, EXPO ET BASEBALL

SUR CE, PRENEZ VOS AFFAIRES POUR CHANGER DE SALLE.
BLAM
CLANG
BLA
JE SUIS CÔTÉ FENÊTRE.
COOL !
OH...
SI LA HAUTEUR DE VOTRE PUPITRE NE VOUS CONVIENT PAS, FAITES-LE-MOI SAVOIR.

*N.D.T. : AU SHÔGI, LE CAVALIER SE DÉPLACE DE DEUX CASES EN AVANT ET UNE SUR LE CÔTÉ.

APPAREMMENT, C'EST UNE PETITE EXPOSITION AU DERNIER ÉTAGE DU CENTRE COMMERCIAL.
COMME TU AIMES LES INSECTES, J'AI PENSÉ À TOI.
C'EST QUAND ?
ÇA RISQUE D'ÊTRE BLINDÉ DE MONDE SI ON ATTEND LES VACANCES D'ÉTÉ...
JE ME DISAIS QU'ON POURRAIT Y ALLER SAMEDI PROCHAIN.
UN JOUR DE CONGÉ ?
PAS TROP LE CHOIX, ON N'A QUASIMENT PAS DE TEMPS APRÈS LES COURS.
MAIS SI ÇA T'INTÉRESSE PAS C'EST PAS GRAVE, HEIN.
SI...
MAIS JE ME RENDS COMPTE QUE C'EST LA PRE-MIÈRE FOIS QUE JE VAIS SORTIR AVEC DES CAMA-RADES D'ÉCOLE LE WEEK-END.
AH OUAIS ?
OUI... ENFIN BREF. TANT QUE CET AMI...
EST D'ACCORD, ALORS...
ALLONS-Y...
J'EN SUIS PAS SÛR, MAIS...
JE PENSE QU'AVEC TOI, ÇA IRA.
?

VOICI KUNIJIMA.
BONJOUR.
ET VOILÀ ATAMI.
ENCHANTÉ...
...
...
EN GÉNÉRAL, QUAND DEUX JEUNES SE RENCONTRENT ...
ILS SONT PLUS ENJOUÉS QUE ÇA, HEIN.
C'EST DE TES POTES QU'ON PARLE, Y A PAS DE RISQUE DE LES VOIR S'EXCITER.
HEIN...
ALORS ADACHI ET LES GENS DE SON ÂGE SE PARLENT AUSSI FAMILIÈREMENT...
POURQUOI ?
VA SAVOIR.
...
MOI...

JE SUIS PLUTÔT EXCITÉ.
OH...
BREF. SI ON ENTRAIT, DÉJÀ ?
C'EST À QUEL ÉTAGE ?
UN CHAT...
FOOD H
VOUS AVEZ ACHETÉ QUOI, COMME SOUVENIRS ?
MIGNON !
UN MARQUE-PAGE.
ALORS T'ES DU GENRE À CLAQUER DU FRIC POUR UN MARQUE-PAGE...
MIGNON !
ET TOI ALORS ?
UN MAGNET INSECTES.
J'AI PAS DE LEÇONS À RECEVOIR D'UN TYPE QUI CLAQUE DU FRIC POUR DES AIMANTS.

GENRE UN MAGNET.
ET TOI, ATAMI ? T'AS ACHETÉ QUELQUE CHOSE ?
J'ENVISAGE D'AVOIR MON PROPRE APPARTEMENT APRÈS LE LYCÉE...
ALORS J'ÉVITE D'ACHETER QUOI QUE CE SOIT QUI FINIRA À LA POUBELLE QUAND JE DÉMÉNAGERAI.
...
BIP
BIP
BIP
BIP
BIP
VRRRB
VRRRB
...
JE VAIS CHERCHER MA COMMANDE.
ÇA MARCHE.
...
ATAMI...
Y A DES TRUCS QUI TE FONT PEUR ?

NON, HEIN...
NON...
TE REVOILÀ.
QUELLE AMBIANCE DE FOLIE...
SLUURP
ÇA, C'EST PAS PLUS MAL.
C'EST RASSURANT.
SI J'AI COMPRIS UNE CHOSE, C'EST QU'IL ME FAIT PAS DU TOUT CONFIANCE.
SLUURP
MOI AUSSI, JE VAIS CHERCHER MA COMMANDE.
BIP
EN BON SENIOR, J'AI PROPOSÉ DES SUJETS DE CONVERSATION.
BIP
BIP
BIP
BIP
BIP
BIP
AH.

Est-ce que je vais réussir à tout manger ?
C'est plus copieux que prévu...

QUAND C'EST TROP FRÉ-QUENT...
JE COMPRENDS MAIS...
DE TEMPS EN TEMPS...
MOI J'AIME BIEN QUAND IL Y A DES GUESTS.
JE TROUVE LES ÉPISODES ORDINAIRES PLUS INTÉRESSANTS QUE LES SPÉCIAUX.
AU FINAL...
TOUT
DOUCEMENT...
TE REVOILÀ.

TIENS ? ATAMI ?
T'AS MAL AU VENTRE ?
...
TU GALÈRES ?
?!
T'ES DE SORTIE ?
OUI.
BEAU GOSSE !
WATANO !
?!
QUELLE COÏNCI-DENCE !

OUH LÀ LA...
SLURP
...
POUR ÊTRE VENU TE PARLER EXPRÈS...
IL EST SOIT ULTRA-SYMPA, SOIT ULTRA-CON.
MOI, QUAND JE PRENDS DU TEMPS POUR MOI ET QUE JE SORS, SI J'APERÇOIS UNE TÊTE CONNUE, JE L'ÉVITE DIRECT.
MÊME SI NOS REGARDS SE CROISENT, JE FAIS GENRE J'AI RIEN REMARQUÉ ET JE ME BARRE.
VENIR PARLER À QUELQU'UN D'AUTRE EN PLEIN RENCARD, ÇA SE FAIT PAS...
WHY...
LAISSE TOMBER...
IL EST...
TU DIRAIS LE-QUEL ?
BOUCLE-LA, KUNIJIMA !

ULTRA-SYMPA...
JE PENSE.
MAIS ÇA TE PASSE SANS DOUTE AU-DESSUS, KUNIJIMA...
HEIN ?
IL A PAS TORT...
BAH, PEU IMPORTE.
ALLEZ, À LA BOUFFE !
TU MANGES PAS ?
SI SI...
AH, JE SAIS !
ÇA A REFROIDI À FORCE D'ATTENDRE, C'EST ÇA ?
DÉSOLÉ.
C'EST PAS À TOI DE T'EXCUSER !
PARDON.
HÉ !
EN FAIT, VOUS VOUS COMPLÉTEZ BIEN.

ATAMI.
QU'EST-CE QUE TU REGARDES ?
JE ME...
DISAIS JUSTE QU'IL FAISAIT VRAIMENT BEAU.
IL FERA BIENTÔT CHAUD À MOURIR, PAR CONTRE.
À MOURIR ...

C'ÉTAIT DES AMIS, HIER ?
HEIN ?
LES GENS QUI ÉTAIENT AVEC TOI.
AH.
OUI, ON PEUT DIRE ÇA...
J'AI TROUVÉ QUE C'ÉTAIT BON SIGNE DE TOMBER SUR TOI ALORS JE SUIS VENU TE SALUER.
BON SIGNE...
PARCE QUE C'EST RARE DE TE CROISER.
CE...
C'ÉTAIT TA PETITE AMIE ?

AH... OUAIS.
GNNH
ELLE EST DANS CE LYCÉE ?
NON.
ON EST ENSEMBLE DEPUIS L'ÉCOLE PRIMAIRE MAIS...
EN CE MOMENT, C'EST...
ENFIN VOILÀ QUOI.
URGH...
C'ÉTAIT QUOI CE BRUIT ?
RIEN... C'ÉTAIT JUSTE TROP VIVIFIANT.
VIVI-FIANT, TU PARLES...
AH, AU FAIT ...
ELLE A DIT QU'ELLE TE TROUVAIT HYPER CLASSE.
HEIN...
ET MÊME QU'ELLE AVAIT JAMAIS VU QUELQU'UN D'AUSSI CLASSE.
ELLE ÉTAIT DÉCHAÎNÉE.

OUI.
ON DOIT RETOURNER EN CLASSE.
ILS DOIVENT ÊTRE PROCHES ... S'ILS PARLENT DE MOI COMME ÇA.
DANG DONG
DING DONG
ELLE A AUSSI DIT QUE TA PERSONNALITÉ DEVAIT ÊTRE FASCINANTE.
FASCINANTE ?
UNE RELATION SI SOLIDE... QU'ELLE PEUT ADMIRER UN AUTRE GARS SANS QUE ÇA LE TROUBLE...
ÇA C'EST...
MERVEILLEUX ...
CLING

CLING
OOH...
LE SOLEIL ESTIVAL DE 16 HEURES...
LE TEMPO INDOLENT DES REBONDS DE LA BALLE...
CLING

C'EST AVEUGLANT.
ATAMI ESPÉRAIT NE JAMAIS L'OUBLIER...
CLING
TOUT EN SOUHAITANT L'OUBLIER IMMÉDIATEMENT.
TU FAIS QUOI, ATAMIYAMA ?

CLING
POURQUOI...
CETTE OMBRELLE ARGENTÉE ?
YAMA ?
CLING
...
EN ÉTÉ, LE CORPS DÉPENSE BEAUCOUP D'ÉNERGIE À LUTTER CONTRE LE SOLEIL, ÇA L'ÉPUISE. JE PRENDS MES PRÉCAUTIONS.
ELLE BLOQUE 90 % DES RAYONS ULTRA-VIOLETS.
SONGEANT QU'IL NE POURRAIT JAMAIS PARTAGER...
UN TEL SENTIMEN-TALISME...
RIEN DE SPÉCIAL...
ET DONC ? TU FAIS QUOI ?

CLING
ATAMI N'A RIEN DIT.
QUELLE CHALEUR...
IL S'EST CONTENTÉ DE SUIVRE DU REGARD...
LA BALLE QUI VOLAIT DE DROITE À GAUCHE.
CLING
キーン
POURQUOI TU DÉPRIMES ?

CLING
キ
ÇA NE SE DEMANDE PAS, EN PRINCIPE.
QUEL PRINCIPE ?
...
EUH...

CLING
J'AI UN BONBON UN PEU FONDU...
T'EN VEUX ?
CLING
N'EMPÊCHE, C'EST PAS BIENTÔT FINI LEUR TRUC ?
ILS FONT LES MÊMES CHOSES ENCORE ET ENCORE...
FRSH
FRSH
AH ÇA, C'ÉTAIT BIEN NUL.
CLING

OH, BIEN RATTRAPÉ...
SUR CE COUP.
C'EST SUCRÉ...
SLURP
KUNIJIMA, TU T'Y CONNAIS EN BASEBALL ?
NON, J'Y COMPRENDS RIEN.
ET JE VOIS PAS L'INTÉRÊT.
CLING

ÉCOUTE TON CŒUR, ATAMI !

CHAPITRE 4 CHEVEUX, SAISON DES PLUIES ET LABYRINTHES

VRAAAM
BONJOUR.
TAP
TAP
OH, BONJOUR.
BONJOUR !
À QUI IL S'ADRES-SAIT ?
SALUT !
MOI ?

BONJOUR.
'JOUR...

CLANG
がたん
AH...
...
VIOUP
VIOUP

LES CHEVEUX DE TSUJI ONT BIEN POUSSÉ...
LES CHEVEUX POUSSENT... LES ONGLES AUSSI...
CE N'EST QUAND MÊME PAS PRATIQUE, D'ÊTRE HUMAIN.
BONJOUR À TOUS !
ガララ
VRAAAM
OH, SI JE FAISAIS DES NOUILLES UDON CE SOIR ?

DE LA FRITURE ...
DE LA PÂTE DE POISSON ...
AVEC DU POULET ...
...
L'HEURE DE VIE DE CLASSE PEUT COMMENCER.
PAR ICI...
Y A UNE CERTAINE ATMOSHPÈRE ...
HEIN ?
TES CHEVEUX.
TOI AUSSI, TES CHEVEUX ONT POUSSÉ, ADACHI.
ET POURQUOI "MOI AUSSI" ?
TES CHEVEUX À TOI SONT PAS SI LONGS.
POUR-QUOI ?
TU VAS LES LAISSER POUSSER JUSQU'À LA TAILLE ?
AH...
C'EST VRAI.

AH, ÇA... JE PARLAIS DE TSUJI.
LE GARÇON ASSIS DEVANT MOI.
AH... EUH...
CELUI QUI EST TOUJOURS ABSORBÉ À DESSINER DES LABYRINTHES SANS ENTRÉE NI SORTIE...
LE PASSIONNÉ.
C'EST ÇA.
TSUJI EST UN VRAI PASSIONNÉ.
S'IL EN PARLAIT AUX AUTRES, JE SUIS SÛR QU'ILS ADORERAIENT ÇA POURTANT.
"POURQUOI IL N'Y A PAS D'ISSUE ?"
"BAH... C'EST LE PRINCIPE DU LABYRINTHE, NON ?"
ENFIN... JE NE SAIS PAS SI C'EST CE QU'IL SOUHAITE, LUI.
PEUT-ÊTRE QU'IL S'EN FICHE, DE L'OPINION DES AUTRES...
CECI DIT... C'EST PLUTÔT PLAISANT DE ME DIRE QUE JE SUIS LE SEUL À CONNAÎTRE SON TALENT.
ÇA, JE PEUX COMPRENDRE.

QU'EST-CE QUI SE PASSE ?
IL VIENT TOUT LE TEMPS ME PARLER...
IL MET UN POINT D'HONNEUR À DISCUTER AVEC SES VOISINS DE SIÈGE ?
JE N'AI PAS L'IMPRESSION QU'IL LE FASSE AVEC CELUI DE DERRIÈRE OU D'À CÔTÉ POURTANT...
EN PLUS, IL REMBARRE TOUJOURS LES FILLES QUI OSENT L'INVITER À DÉJEUNER.
(PERSONNE NE M'INVITE, MOI.) (ET C'EST TRÈS BIEN COMME ÇA, D'AILLEURS.)
HMM
HMM
HMM
EN TOUT CAS, TOUT CE QUE JE SAIS DE LUI C'EST...
• IL S'EN SORT À PEU PRÈS BIEN DANS TOUTES LES MATIÈRES.
• IL A DÉJÀ REÇU UNE DÉCLARATION D'AMOUR DE QUELQU'UN DE LA CLASSE 1 (ET DE LA CLASSE 2 AUSSI, D'APRÈS LES RUMEURS).
• IL LES A TOUTES REJETÉES.
• IL EST PROCHE D'UN ÉLÈVE PLUS ÂGÉ.
HONNÊTEMENT, C'EST LE POINT LE PLUS FLIPPANT.
MAIS AUSSI LE PLUS IMPRESSIONNANT...

C'EST LE GENRE D'HISTOIRES QUI REVIENNENT NATURELLEMENT...
AUX OREILLES DE QUELQU'UN COMME MOI.
LÉGENDAIRE...
JE ME DEMANDE SI ON CHANGERA BIENTÔT DE PLACES.
SI ON EST PHYSIQUEMENT SÉPARÉS, JE NE SERAI PLUS LA CIBLE DE SES FANTAISIES...
ET JE POURRAI RETOURNER À MA PETITE VIE TRANQUILLE...
TSUJI, TU TE LAISSES POUSSER LES CHEVEUX ?

NON...
CE N'EST PAS LE PROJET...
MAIS...
JE VOIS.
P... POURQUOI ?
NON, JE TROUVE JUSTE QUE ÇA TE VA BIEN.
EUH...
? ?
ÇA ME VA BIEN ?
DÉSOLÉ.
OUBLIE ÇA.
ÉCHEC...
L... LE JOUR SUIVANT...

HEIN ?
QUAND JE LES COUPE, LE JOUR SUIVANT...
LES GENS VIENNENT ME VOIR...
ET JE N'AIME PAS ÇA.
POUR-QUOI ?
COMMENT ÇA, POUR-QUOI ?
EH BIEN...
ILS ME DISENT...
QUE ÇA CHANGE DE D'HABITUDE, QUE J'AI L'AIR DIFFÉ-RENT.
ÇA ME MET MAL À L'AISE...
HEIN ?
ATTIRER L'ATTEN-TION...
NE SERAIT-CE QU'UN PETIT PEU...
ÇA ME PERTURBE.
ALORS TU N'AIMES PAS QU'ON T'ADRESSE LA PAROLE ?
GNUP
PAS SEULEMENT ÇA...
JE SAIS QUE C'EST MOI QUI SUIS TROP TIMIDE...
MAIS JE DÉTESTE QU'ON REMARQUE MA PRÉSENCE.

MÊME SI C'EST POUR TE DIRE QUE ÇA TE VA BIEN ?
BAH...
ÇA, ON NE ME LE DIT JAMAIS, ALORS BON...
...
JE T'AI COUPÉ L'ENVIE DE PARLER ?
NON...
PAS DU TOUT.
FWUP
FWUP
AVANT D'ENTRER AU LYCÉE...
BOBOM
J'AURAIS DÛ...
BOBOM
LES COUPER...
MAIS QU'EST-CE QUE JE RACONTE ?
BOBOM
DONG
BOBOM
PLUS COURTS.
DING
BOBOM

VRAAM
DONG
POURQUOI JE M'ATTARDE SUR DES TRUCS...
AUSSI BARBANTS ?
LE PROF EST LÀ.
AH !
LEVEZ-VOUS.
CLANG
ガタ
JE ME SENS BÊTE...
CLANG
SALUEZ.
N'EMPÊCHE...
IL A BEAUCOUP PARLÉ, AUJOURD'HUI...
2 - 1
ADACHI !
FWOUSH
FWOUSH

SES CHEVEUX...
JE PASSE...
À LA LIBRAIRIE, AUJOURD'HUI.
MOI, MA MÈRE M'A DEMANDÉ DE LUI FAIRE DES COURSES...
DU COUP, JE VAIS AU CENTRE COMMERCIAL AVEC ATAMI.
SONT TOUT MOUTONNEUX...
SÉRIEUX ?
ALORS...
JE VIENS AUSSI.
POURQUOI ?
ÇA VOUS FERAIT PLAISIR QUE JE SOIS LÀ, NON ?
BAH... POSSIBLE, OUI ?
JE PASSERAI À LA LIBRAIRIE SUR LE CHEMIN DU RETOUR.
J'IRAI AUSSI.
JE RÊVE OU...
MOI...
JE CROIS QUE JE PEUX COMPRENDRE ÇA.

J'AI TROP HONTE LE LENDEMAIN.
MÊME QUAND ON ME DIT QUE ÇA ME VA BIEN, J'AI DU MAL.
HMM...
T'AS PAS ENVIE QU'ON TE DISE QUOI QUE CE SOIT, EN FAIT.
BAH, SI ON VEUT VRAIMENT ME DIRE UN TRUC, ON PEUT BIEN ME LE DIRE.
M'EN FICHE MOI.
VOUS VOUS FAITES DES RÉFLEXIONS QUAND L'UN OU L'AUTRE COUPE SES CHEVEUX ?
VOUS DEUX ?
NON...
PAS VRAIMENT...
ON DIT RIEN.
OH...
C'ÉTAIT QUOI ÇA ?
C'EST PAS VRAIMENT UNE QUESTION DE RELATION...
MAIS PLUTÔT DE PERSONNALITÉ, JE PENSE.

MOI LES COIFFURES, JE M'EN TAPE.
ET MOI, C'EST JUSTE QUE J'AI DU MAL À M'EXPRIMER.
ÇA NE VA PAS M'AIDER ÇA...
MAIS TA TÊTE... TU T'ES FAIT UNE PERMANENTE ?
NAN...
C'EST L'HUMIDITÉ.
LA SAISON DES PLUIES ARRIVE.
AH, C'ÉTAIT DONC ÇA...
J'AURAIS DÛ M'EN DOUTER.
...
OH.

TSUJI !
TIC
SALUT...
TSUJI !
"SALUT" ?
VOICI ADACHI...
IL A UN AN DE PLUS QUE NOUS.
ENCHANTÉ... EUH ?
IL EST PLUS GRAND QUE PRÉVU.
LA BLAGUE.

À PLUS.
JE TE CONTACTERAI... POUR DEMAIN.
OUAIS.
HOP.
HEIN ? QUE... HÉ...
C... COMMENT ÇA SE FAIT QU'IL ME CONNAISSE ?
CE GARS...
?
C'EST SANS DOUTE PARCE QUE JE LUI AI PARLÉ DE TOI.
NON, MAIS JUSTEMENT...
POURQUOI TU LUI PARLES DE MOI ?
POURQUOI ?
BAH... JE LUI AI DIT QUE JE M'ÉTAIS FAIT... UN AMI...
ET IL A VOULU EN SAVOIR PLUS.
ET PUIS...

DÉPÊCHE-TOI DE REVENIR EN CLASSE, LE PROF ARRIVE.
O... OUI...
ON A QUOI... APRÈS ?
...
UN AMI ?!
UN AMI ?

...
ガターン
BADAM
...
BA DAM
...
DONG
DING

FRSH
HAM
MONCH
MONCH

MONCH
MONCH
MONCH
MONCH
POURQUOI À CHAQUE FOIS...
TU VIENS ME PARLER AU LIEU DE MANGER AVEC LES AUTRES ?
GLOUP
C'EST TROP COMPLIQUÉ DE PARLER AVEC TOUT LE MONDE EN MÊME TEMPS.

APPAREM-MENT, JE DIS DES TRUCS BIZARRES PARFOIS...
MAIS SI JE NE PARLE PAS, ÇA SE REMARQUE AUSSI.
HMM...
QUOI QU'IL FASSE, ET MÊME S'IL NE FAIT RIEN, ON LE REMARQUE DE TOUTE FAÇON.
MONCH
もぐ
MONCH

ATAMI S'EST FAIT UN AMI DANS SA CLASSE.
HMM...
QUOI, "HMM" ?
C'ÉTAIT CE QU'IL VOULAIT ?
J'EN SAIS RIEN, MAIS C'EST BIEN, QUOI.
C'EST PAS COMME S'IL LUI EN FALLAIT ABSOLUMENT UN NON PLUS, SI ?
BAH...
T'AS RAISON, MAIS...
JE SUIS...
CONTENT POUR LUI.
T'ES ÉTONNAMMENT GENTIL, DES FOIS.
...
TIG
TU SAIS QUE C'EST TRÈS DÉSAGRÉABLE QUAND TU PARS DANS TON PETIT MONDE DÈS QUE T'AS FINI TA PROPRE CONVERSATION ?!
HEIN ? DÉSOLÉ, TU DISAIS ?

KUNIJIMA S'EST ENCORE INCRUSTÉ DANS NOTRE CLASSE.
TU FAIS ÇA TOUT LE TEMPS !
ILS SONT SI PROCHES QUE ÇA ?
TU CRIES FORT, LÀ.
BLA
1 - 2
HA HA
BLA
HA HA
TU AS RAISON, TSUJI.
SI TU COUPAIS TES CHEVEUX...
ÇA PROVOQUERAIT DES RÉACTIONS.
TU ES ENCORE LÀ-DESSUS ?
T'ES INSIS-TANT...
J'AI UNE IDÉE.
TU POURRAIS LES LAISSER POUSSER JUSQU'À LA TAILLE...
LES ATTACHER EN QUEUE-DE-CHEVAL...
ET LES DÉCOLORER EN BLOND.
QUI ÇA, MOI ?

{ CHAPITRE 4 } FIN

CHAPITRE 5 | BIBLIOTHÈQUE, FLEURISTE ET SOUPIRS

ZYEUUUT
ZYEUUUT
ジ
ZYEUUUT
ZYEUUUT
ZYEUUUT
ZYEUUUT
ZYEUUUT
ジ
ジ
ZYEUUUT
...

*N.D.T. : 8 EUROS ENVIRON.

QUAND VOUS LES METTREZ DANS LE VASE...
FAITES EN SORTE QUE LES TIGES TREMPENT TOUT JUSTE DANS L'EAU.
D'AC-CORD...
ET... SI VOUS LE SOUHAITEZ, JE VOUS METS CELLE-CI EN CADEAU.
FRSH
FLEURISTE KASHIWA
MERCI BEAUCOUP.
...
FLEURISTE KASHIWAU
ダッ
TAP

HAAA...
HAAA...
NON... C'EST MES SENTIMENTS QUI FONT LA COURSE.
AH BON...
?
T'ES VENU EN COU-RANT ?
EUH...
TENEZ, C'EST POUR VOUS...
AH, BIEN-VENUE !
OH, ATAMI !
BIENV'NUE !
TU NOUS FAIS QUOI, LÀ ?
ARRÊTE ÇA !
ÇA, CE SONT LES VRAIES FLEURS.
OH ! MAIS QUI DU PORTEUR OU DU BOUQUET EST LA VRAIE FLEUR ? ON SE LE DEMANDE !
WELCOME

EUH...
C'EST QUE...
EN FAIT...
T'AVAIS PAS BESOIN D'ACHETER DES FLEURS, TU SAIS.
AH BON ?
AH ! APPAREMMENT IL FAUT JUSTE METTRE UN FOND D'EAU DANS LE VASE.
JE VAIS TOUT DE SUITE LES METTRE DANS L'EAU.
ALORS... UN VASE, UN VASE...
ÇA ROULE !
AH...
ALORS C'ÉTAIT...
UNE BONNE...
OPPORTU-NITÉ...
LES TRAVERS DE PORC SONT PRÊTS !
LE FLEURISTE M'INTÉRESSE DEPUIS UN MOMENT.
SOIRÉE "GROS TAS DE TRAVERS DE PORC TELLEMENT BONS QU'ON N'EN LAISSERA PAS UNE MIETTE"
C'EST UN EMPLOYÉ À TEMPS PLEIN ?

NON... PLUTÔT UN PETIT BOULOT, JE DIRAIS ? IL A L'AIR JEUNE...
UN ÉTUDIANT, ALORS ?
CE NE SONT PAS LES ADULTES PERVERS QUI MANQUENT.
FAIS ATTENTION À TOI, TU ES MINEUR.
...
MAIS JE NE FAIS QUE LE REGARDER ...
RAISON DE PLUS !
TU N'ESSAIES PAS D'ENGAGER LA CONVERSATION ?
NON... ENFIN...
DISONS QUE JUSTE LE REGARDER ME SUFFIT...
AH, JE COMPRENDS.
HEIN ? COMMENT ÇA ? C'EST UN TRUC GÉNÉRATION-NEL ?
INDIVIDUEL, PLUTÔT.
JE LE TROUVAIS ENTHOUSIASTE QUAND IL PARLAIT À TSUJI, POURTANT...

CE SERAIT UN GENRE D'AFFECTION DIFFÉRENT ?
OH...
J'Y TROUVE SUFFISAMMENT DE PLAISIR.
OUAH...
QUAND J'ÉTAIS JEUNE, JE MANGEAIS À TOUS LES RÂTELIERS.
PAS VRAI ?
HEIN ? C'EST PAS UN PEU INSULTANT, ÇA ?
BIBLIO THÈQUE
MONSIEUR...
JE PEUX REMETTRE CETTE PILE-LÀ EN RAYON AUSSI ?
OUI, S'IL TE PLAÎT !
IL REGARDE MÊME PAS...
T'ES À FOND DANS TES RÉVISIONS, DIS DONC.

TU AS ENCORE DU TRAVAIL ?
C'EST UN GUIDE ILLUSTRÉ ?
OUAIS.
OUI.
PLUS JE CHERCHE À SAVOIR, PLUS JE RÉALISE TOUT CE QU'IL Y A À APPRENDRE...
AH ÇA...
GENRE LE LANGAGE DES FLEURS ?
POURQUOI IL EST AUSSI MOTIVÉ ?
QUAND ON ME PARLE DE LANGAGE DES FLEURS, ÇA ME FAIT BIEN RIRE.
POUR-QUOI ?
EN FAIT...
QUAND JE PENSE QUE C'EST JUSTE UNE INVENTION DES HUMAINS, QU'ILS ONT DÉCIDÉ DE ÇA DANS LEUR COIN...
JE TROUVE ÇA BIZARRE...
ET C'EST TOI QUI DIS ÇA...
ALORS QUE LES ESPÈCES, LES ÉCO-SYSTÈMES... ÇA, C'EST INTÉRESSANT.
TU POURRAIS POSER DES QUESTIONS À TON FLEURISTE, POUR ÇA.
MÊME SI C'EST JUSTE UN BOULOT ÉTUDIANT, IL DOIT BIEN S'Y CONNAÎTRE.

JE N'AI PAS VRAIMENT ENVIE DE LUI PARLER...
JUSTE... LE CÔTOYER DE LOIN...
EMBELLIT...
MA VIE.
ÉCHANGER DE LA MONNAIE, DES PETITES CHOSES COMME ÇA...
GENRE, À LA CAISSE ?
ALORS JE NE PENSE PAS AVOIR ENVIE D'ALLER PLUS LOIN...
NI DE LUI PARLER, NI DE ME RAPPROCHER DE LUI.
TU TE DONNES DU MAL DANS TES RECHERCHES, POURTANT.
MAIS ÇA, ÇA NE LE CONCERNE PAS...
LUI.
TU CROIS ?
POURTANT, JE TROUVE PAS ÇA SI MAL D'AVOIR QUELQU'UN QUI S'INTÉRESSE À CE QU'ON AIME.
VRAIMENT ?
EN TOUT CAS...

Y A PEU DE GENS QUE ÇA CHIFFONNERAIT.
...
POUR KUNIJIMA JE SAIS PAS, PAR CONTRE.
HMM...
TA RENCONTRE AVEC LUI SIGNIFIE...
QUE LUI AUSSI, IL T'A RENCONTRÉ.
COMME ÇA.
REN- CON- TRE
C'EST QUELQUE CHOSE DE MUTUEL, TOUT SIMPLEMENT.
D'UNE MANIÈRE OU D'UNE AUTRE, ÇA VOUS CONCERNE TOUS LES DEUX.

TU VEUX DIRE QUE L'INSTANT OÙ ON RENCONTRE QUELQU'UN...
A UNE SIGNIFICATION PARTICULIÈRE ?
NON, JE PENSE PAS QU'IL SIGNIFIE GRAND-CHOSE EN SOI.
OH...
ET C'EST JUSTEMENT POUR ÇA...
QU'À MON AVIS...
ÇA VAUT LE COUP...
DE FAIRE L'EFFORT...
DE LUI CHERCHER UN SENS...
OU DE LUI EN DONNER UN.
キーン
DING

AH !
DONG DONG
...
ZUT.
DONG DANG DONG
J'Y VAIS.
MONSIEUR, C'EST PAS ENCORE FINI, MAIS JE REVIENDRAI...
QUOI ?
RIEN... J'AURAIS JUSTE PRÉFÉRÉ QU'ON AIT UNE BELLE BIBLIOTHÈQUE QUI RENDE JUSTICE À CE GARÇON...
AVEC DES BOISE-RIES...
UNE CHEMI-NÉE...
ON EST UNE ÉCOLE PUBLIQUE, JE VOUS RAP-PELLE.
UNE... CHEMI-NÉE ?
Statice
Blanc
Bleu
TSUJI, C'EST QUOI TES FLEURS PRÉFÉRÉES ?

ENCYCLOPÉDIE DES FLEURS
L'ENCYCLOPÉDIE DES FLEURS
...
EH BIEN... LES TOURNESOLS, PAR EXEMPLE...
LES TOURNESOLS...
FLAP
FLAP
NON, DU TOUT.
TU ME FAIS PAS LE COUP DU LANGAGE DES FLEURS, HEIN ?
MOI ?
POSER LA MÊME QUESTION EN RETOUR.
POUR TOI ?
ET...
L'ENCYCLOPÉDIE DES FLEURS
ASTUCE DE COMMUNICATION...
FAMILLE DES ASTÉRACÉES... GENRE HELIANTHUS.

HMM...
MOI, JE LES TROUVE JOLIES, MAIS...
JE NE PEUX PAS DIRE QUE J'AIME OU QUE JE DÉTESTE...
UNE FLEUR EN PARTICULIER.
...
FIN.
OH.
FWIP

ALORS ? CES FLEURS ONT TENU LONGTEMPS ?
AH, EUH...
C'ÉTAIT POUR OFFRIR...
MAIS PEUT-ÊTRE, OUI...
AH...
JE VOIS.
C'EST BIEN, ÇA.

CE SONT DES STATICES ?
OUI...
EN EFFET.
VOUS ÊTES CONNAISSEUR.
NON...
MAIS PAR CHANCE...
JE SUIS TOMBÉ DESSUS DANS UN LIVRE ET JE LES AI TROUVÉES BELLES, ALORS...
atice
C'EST BIEN, ÇA.
MOI AUSSI, JE LES AIME.

EUH...
SUR CE...
FLEURISTE KASHIWAU
AU REVOIR.
...
fleuriste
fleuriste

GNNH...
FLEURISTE KA
IL N'EST PAS LÀ...
IL A PEUT-ÊTRE CHANGÉ DE JOURS DE TRAVAIL ?
PAS LÀ...

*N.D.T. : ENVIRON 2 EUROS.

SON CONTRAT S'EST TERMINÉ LA SEMAINE DERNIÈRE.
IL A TROUVÉ UN EMPLOI À PLEIN TEMPS.
C'ÉTAIT QUELQU'UN DE BIEN ET DE CULTIVÉ...
MOI AUSSI, JE TROUVE ÇA DOMMAGE QU'IL SOIT PARTI, MAIS BON.
FLEURISTE KASHIWAU
MERCI À VOUS !
VROOOO
...
BAH...

C'EST IMPORTANT D'EXPRIMER SA TRISTESSE DANS CES MOMENTS-LÀ.
TU VEUX PAS MANGER UNE NÈFLE ?
ELLES SONT SUCRÉES.
...
JE N'AI PAS VRAIMENT DE RAISON D'ÊTRE TRISTE, POURTANT.
AH NON ?
MAIS COMMENT DIRE ...
FINALEMENT, SI JE LUI AVAIS...
PARLÉ PLUS SOUVENT ...
JE L'AURAIS PEUT-ÊTRE TROUVÉ PASSIONNANT ...
ET MAINTE-NANT...
MAINTENANT...
C'EST...
AH.
T'ES EN TRAIN DE ME DIRE QU'IL A FALLU QU'IL DISPARAISSE POUR QUE TU T'EN RENDES COMPTE.
C'EST ÇA, MOQUE-TOI.

JE ME MOQUE PAS.
JE DIS JUSTE...
QUE QUAND IL S'AGIT DE TE CONNAÎTRE TOI-MÊME, TU ES PARFOIS UN PEU LONG À LA DÉTENTE...
ATAMI.
MOI ? LONG À LA DÉTENTE ?
IMPRES-SIONNANT.
CET AIR OFFENSÉ...
IL Y A BEAUCOUP DE CHOSES QU'ON IGNORE SUR SOI-MÊME.
C'EST POUR ÇA QU'IL FAUT PARLER AUX AUTRES.
MAIS RÉSUL-TAT...
MAINTENANT JE SUIS DÉGOÛTÉ.
DE MOI ?
DE MOI.
C'EST PAS PLUS MAL.
ÇA TE FERA UN SOUVENIR DE CETTE RENCONTRE.
HA HA HA !

{ CHAPITRE 5 } FIN

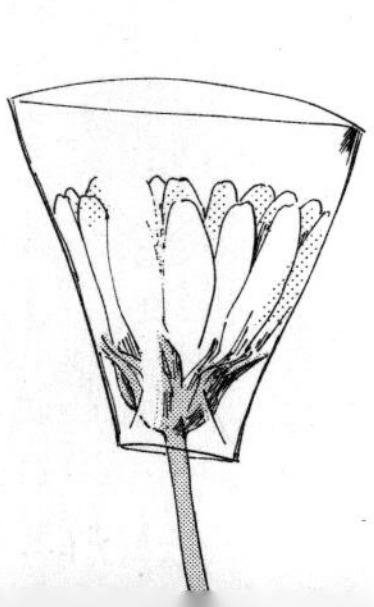

ÉCOUTE TON CŒUR, ATAMI !

CHAPITRE 6 { AÎNÉ, POIGNET ET VERSO

HYAH !
C'EST EN LAISSANT ÉCHAPPER UN SON DE CE GENRE... QUE TSUJI S'EST SUBITEMENT CRISPÉ.

C'EST ARRIVÉ LA SEMAINE PASSÉE...
ET DEPUIS...
ERM...
OU ÇA...
HMM...
QUE CE SOIT ÇA...
IL NE LÂCHE PLUS QUE DE VAGUES BORBORYGMES...
ET NE CROISE PLUS LE REGARD D'ATAMI.

EN FAIT, J'AIME LES HOMMES.

LES EXAMENS DÉBUTENT LA SEMAINE PRO-CHAINE.
LA SALLE DES PROFESSEURS SERA INTERDITE D'ACCÈS...
ET LES HEURES DE COURS SERONT RÉDUITES, LUNDI ET MARDI.

POURQUOI
AVAIT-IL FALLU
QU'IL LUI DISE
ÇA ?

BADAM
NON, PAS SPÉCIALEMENT... ?
AH ?
BADAM
TU RÉVISES POUR LES EXAMENS ?
OUI...
ENFIN, TRANQUILLEMENT.
T'ES PAS OBLIGÉ DE RESTER JOUER CE SOIR, TU PEUX RENTRER DIRECT APRÈS MANGER.
BADAM
BADAM
NON, NON.
AUJOURD'HUI JE VAIS BATTRE TA MÈRE, JE LE SENS.
BADAM
BADAM
BADAM

FWIT
フィ
...
QUOI ?
NON... RIEN.
IL EST DE NOTRE LYCÉE ?
DING DONG
ガララ
VRAAAM

B'JOUR.
...
金の微糖
コーヒー
100¥
FROID
100¥
FROID
ピ
BIP
ON PREND LE MÊME TRAIN.
BLANG
UN 3E ANNÉE...
BONJOUR.

JE SUIS SÛR QUE NOS REGARDS SE SONT CROISÉS, HIER.
HEIN ?
J'AI UNE MAUVAISE VUE...
VRAIMENT ?
AH...
SUR CE...
HMM...

ET SI TU T'ASSEYAIS ICI, POUR BOIRE ?
ZIOUUUU
NON, ÇA IRA.

J'Y VAIS.
D'ACCORD.
GNUP

ÇA CHAUFFE...
...
ゴシゴシ
FROTT
RAAH...
1-2
AHEM... UNE DERNIÈRE CHOSE...

LES ÉLÈVES QUI PARTICIPENT AUX STAGES PRÉLIMINAIRES DOIVENT SE PRÉSENTER AUX PROFESSEURS DE JAPONAIS...
ZYEUT
ET REMPLIR LES PAPIERS AVANT CE VENDREDI.
...
...
CE SERA TOUT. FAITES ATTENTION EN RENTRANT.
CLAC
ガターノ
...
VRRRRB
VOIE 2, LE TRAIN ENTRE EN GARE...

...
LA CHANCE !
OH, UN EXPRESS ?
CLONG
MERCI D'AVANCER JUSQU'AU FOND DE LA RAME
JE SAVAIS BIEN QU'ON PRENAIT LE MÊME.
HÉ !
OH.
ON PEUT S'ASSEOIR PAR ICI.
Y A PLEIN DE SIÈGES VIDES...
PSHHH

BADAM
タタン
タタン
BADAM
SI TU RESTES COLLÉ À LA FENÊTRE, TU VAS BRONZER.
C'EST L'ÉTÉ, C'EST NORMAL.
POURTANT...
T'ES TOUT BLANC.
BADAM
BADAM
タタン
BADAM
タタン
タタン
BADAM
PROCHAIN ARRÊT : XX.XX. CORRES-PONDANCE POUR LA LIGNE...

LA BLAGUE...
ET...
JE N'AI PAS DE TÉLÉPHONE PORTABLE.
JE ME DIS QU'ON POURRAIT DEVENIR "BONS AMIS"...
HÉ... TU VOUDRAIS PAS ME FILER TON NUMÉRO AVANT DE DESCENDRE ?
OUVERTURE DES PORTES. MERCI DE BIEN VOULOIR...
GARE
JE NE PENSE PAS ÊTRE À LA HAUTEUR DE TES ATTENTES.
ADIEU...
ET À JAMAIS.

BADAM
...
BADAM
TSS...
BADAM
MÊME SES REGARDS SONT INSISTANTS ...
IL Y A CEUX DONT ON NE VEUT PAS ÊTRE CONNU...
ET CEUX QUE L'ON DÉSIRERAIT CONNAÎTRE.
MAIS QU'EST-CE QUI...
LES DIFFÉRENCIE ?

...
HA HA
ガヤ
HA HA
ガヤ
BLA
BLA
ワイ
TIC
POF
DIS, TSUJI...
JE POURRAIS...
ワイ
BLA
TE PARLER EN PRIVÉ ?
ガヤ
HA HA
D'AC-CORD...
ワイ
BLA
HA HA
ガヤ

VOILÀ...
C'EST SANS DOUTE MA FAUTE MAIS...
A...
ATTENDS.
MOI AUSSI, J'AI NOTÉ MES POINTS À TRAVAILLER...
SUR UN PAPIER...
FRSH
ガサ
ガサ
FRSH
À TRAVAILLER ?
AU VERSO D'UN DE TES LABYRINTHES ? TU ES SÛR ?
OUI, C'EST BON.
EUH... D'ABORD...
ON DIRAIT ...
UNE SORTE DE REPRÉSENTATION DE TON ÉTAT MENTAL.
TU PEUX TE TAIRE DEUX SECONDES ?
D'AC-CORD.
ALORS...
REGARDE PAS !
D'AC-CORD.

D'ABORD... EUH...
"DÉPASSÉ PAR MON MANQUE TOTAL D'EXPÉRIENCE...
J'AI TARDÉ À RÉAGIR...
ET CE SILENCE PRO-LONGÉ MANQUAIT CRUELLEMENT DE SOLLICITUDE."
...
ENSUITE...
"EMBARRASSÉ PAR MON ATTITUDE...
J'EN SUIS VENU À ÉVITER TOUTE CONVERSATION...
ET JE PENSE QUE CELA N'A FAIT QU'ENLISER LA SITUATION."

ENFIN...
"POUR CE QUI EST DES EXCUSES QUE JE LUI DOIS...
IL Y A LES CINQ FOIS OÙ JE L'AI IGNORÉ"...
TU AS COMPTÉ ?
EUH...
ET...
"LE FAIT DE NE PAS AVOIR SU RÉAGIR AVEC L'EXUBÉRANCE NÉCESSAIRE."
CE N'EST PAS CE QUE J'ATTENDS, TU SAIS.
DÉCIDÉMENT...

CECI DIT, HONNÊTE-MENT...
JE ME DEMANDE MOI-MÊME POURQUOI JE T'AI AVOUÉ ÇA.
ATAMI NE COMPRENAIT PAS CE GARÇON.
EUH...
JE CROIS QUE TU ME VOLES MA QUESTION, LÀ.
POURQUOI MOI ?
HMM...
BONNE QUESTION...
TU SAIS, J'AVAIS ENVIE...
DE M'ASSEOIR POUR DISCUTER AVEC TOI.

?
C'EST VRAI QUE DEBOUT...
ÇA POUVAIT ÊTRE BIEN AUSSI...
MAIS JE N'AI PAS VÉRIFIÉ SI TOI, TU VOULAIS T'ASSEOIR OU PAS...
ET CES QUES-TIONS...
TOURNENT ENCORE ET ENCORE...
JE VEUX LE CONNAÎTRE...
J'AI ENVIE DE LE CONNAÎTRE...
C'EST COMME ÇA QUE J'EN SUIS VENU À PENSER QUE J'ÉTAIS EN TORT...
D'AVOIR DIT ÇA SUR UN COUP DE TÊTE.

IL PARAÎT... QUE C'EST PLUS FACILE DE FAIRE LE TRI DANS SES PROBLÈMES QUAND ON LES COUCHE SUR PAPIER.
TOI, DANS CES MOMENTS-LÀ, TU FAIS DES LISTES ?
QUI T'A DIT ÇA ?
INTERNET...
méthode pour démêler problèmes
HA HA HA !
...
ENFIN...
VOILÀ...
SI POSSIBLE ...
J'AIMERAIS VRAIMENT...
QUE TU CONTINUES À ME PARLER....
COMME D'HABITUDE.
QU'EST-CE QUE TU...
HEIN ?
QU'EST-CE QUI T'ARRIVE, TSUJI ?
RIEN...

TOUT D'UN COUP...
J'AI UN ÉNORME COUP DE BARRE...
HEIIIN ?
IIII...
C'EST LE SOULAGEMENT.
J'AVAIS...
DES SOUCIS...
DIRE DES CHOSES QUE JE N'AVAIS ENCORE JAMAIS DITES...
ÇA M'AFFOLAIT.
ÇA T'A INQUIÉTÉ À CE POINT ?
FWUT
FWUT
...
JE SUIS VRAIMENT DÉSOLÉ.
AVEC LES EXAMENS LA SEMAINE PROCHAINE EN PLUS...
NON... LES RÉVISIONS, ÇA VA...
FROTT
FROTT
BRR
BRR
59
52
43
...
LA VACHE... ÇA T'A VRAIMENT PLOMBÉ.
SAUF EN MATHS, C'EST ÉTONNANT...
?
NON, ÇA REFLÈTE TOTALEMENT MON NIVEAU HABITUEL.

CHAPITRE 7 { VACANCES D'ÉTÉ, PAIN AU CURRY ET MARABOUT

UN AN PLUS TÔT, AU PRINTEMPS...
OH, JE VOIS...
EN TOURNANT À CET ANGLE, ON ARRIVE ICI...
SUR CE, MERCI MAMIE !
DE RIEN, FAIS ATTENTION À TOI !

...
...
AH !
ADACHI, C'EST ÇA ?
EUH... OUI.
VROOOOOO
BYE BYE !

VROM
VROOOOM
VROM
ブイ
VIOUUUU
...

TSUJI
MESSAGE
APPEL
TSUJI, TA PHOTO DE PROFIL...
C'EST TON GRAND-PÈRE ?
HEIN ?
AH...
NON.
C'EST ANNO MITSUMASA.
HEIN...
A-N-N-O...
...
AH !
JE CONNAIS CE LIVRE D'IMAGES.
11:41
LISTE D'AMIS
RECHERCHE
FAVORIS
AMIS
GROUPES
COMPTES OFFICIELS
AMIS : 6
RÉDUIRE
ATAMI
MAMAN
YUKO (LA TANTE DE NOGAMI)
FAMILLE TSUJI
M. ÔDA
PAPA
...
JE VOUS LE RÉPÈTE, FAITES ATTENTION À NE PAS AVOIR...
D'ACCIDENT OU DE COUP DE CHALEUR.
OUIII...
DING
DONG
DANG
DONG
SI TU AS BESOIN DE QUOI QUE CE SOIT PENDANT LES VACANCES D'ÉTÉ, CONTACTE-MOI.

ET MÊME SI TU N'AS BESOIN DE RIEN...
...
Rentrée des classes : 10
Vacances d'été !!!
MÊME SI C'EST JUSTE POUR JOUER AU MARA-BOUT...
PAS DE PROBLÈME.
COMPRIS.

OH.
TU PRENDS LE TRAIN AUJOURD'HUI ?
OUI, J'AI PRIS UN PETIT BOULOT PRÈS DE LA GARE DE KUSUKATA.
OH... QUEL GENRE DE BOULOT ?
UN RESTAU INDIEN, DANS LA GALERIE MAR-CHANDE.
...
C'EST TON PETIT FRÈRE ?
D'OÙ TU SORS ÇA ?
INTUITION FÉMININE.
ARRIVÉE EN GARE...
C'EST ATAMI, IL EST EN 1RE ANNÉE.
ENCHAN-TÉ...
ET VOICI SUWA, ELLE EST DANS MA CLASSE.
BONJOUR.

KUNIJIMA VA ÊTRE JALOUX !
ILS SE CONNAISSENT DÉJÀ.
HA HA HA !
SUR CE, À PLUS !
BONNES VACANCES !
TOI AUSSI.
À TOUT HASARD...
CETTE FILLE...
CE NE SERAIT PAS LA PERSONNE DONT TU ES AMOUREUX ?
BOBOM

IL EST PAS PERSPICACE QUAND ÇA LE CONCERNE, MAIS LÀ...
T'ES PAS PERSPICACE QUAND ÇA TE CONCERNE, MAIS LÀ...
AH !
ÇA M'A JUSTE FAIT...
DING
D'UN COUP.
REFAIS ÇA ?
COMME ÇA...
DING
HA HA HA !
ON DIRAIT UN JOUET !
ALORS JE NE ME TROMPE PAS.
NON... ON VA PAS SE MENTIR.
...
POURQUOI TU FAIS CETTE TÊTE ?
TU ME BOMBARDES TOUJOURS DE QUESTIONS, MAIS...
J'AI PAS EU L'OCCASION DE T'EN PARLER, C'EST TOUT.
OH... JE VOIS.

MOI AUSSI... JE SUIS CAPABLE D'ÉCOUTER TES HISTOIRES.
MERCI.
HMM...
À L'AVENIR, IL SE POURRAIT...
QU'ADACHI...

SE METTE EN COUPLE...
ET QU'ENSUITE...
IL SE PASSE BEAUCOUP D'AUTRES CHOSES...
C'EST POSSIBLE...
PROBABLE...
...
RECHERCHE
ANNULER
MOTEUR DE RECHERCHE
GALERIE MARCHANDE KUSUKATA
RESTAURANT IND
BIP
BIP BIP
BIP
GALERIE MARCHANDE KUSUKATA RESTAURANT IND I
INDIEN INDONÉSIE INDIGÈNE IND INDUSTRIE
.?! ABC DEF
MNO
...
...
NON, NON... MÊME SI JE SUIS VENU ICI, QU'EST-CE QUE JE...
ON A TROP DE TEMPS POUR COGITER, PENDANT LES VACANCES D'ÉTÉ...

मुझे नींद अ
UNE PETITE HEURE PLUS TARD.
AH...
AH...
EUH...

ON S'EST VUS L'AUTRE FOIS.
TAP TAP
スタスタ
OUI...
LE NON-FRÈRE, C'EST ÇA ?
EUH... OUI.
DRÔLE DE FAÇON DE LE DIRE.
TU M'AS SURPRISE.
CE BANC BRILLAIT D'UNE LUMIÈRE SURNATURELLE.
OUI...
IL EST SOUS LA VERRIÈRE, ALORS...
NON, CE N'EST PAS CE QUE JE SOUS-ENTENDAIS...
ENFIN, PEU IMPORTE.
TU AS TERMINÉ TON TRAVAIL ?
OUI.
JE VAIS ACHETER DU PAIN ET RENTRER CHEZ MOI.
CE PAIN... IL EST BON ?
OUI, POURQUOI ?
AH... DANS CE CAS...

J'EN PRENDS AUSSI.
OH...
UN MANGEUR DE PAIN ?
HEIN ?
NON...
ÇA DÉPEND DES JOURS.
HMM...
VRRRB VRRRB
OUI.
VRRRB VRRRB
ADACHI
GLISSER POUR DÉCROCHER
D'ACCORD.
JE VIENS JUSTE D'ACHETER DU TRÈS BON PAIN À LA GALERIE MAR-CHANDE DE KUSUKATA.
Open
AH BON ?
ALORS EUH...
D'ACCORD, J'ARRIVE.
TU VAS LE VOIR ?
OUI.
JE VAIS À LA GARE, MOI.
MOI AUSSI, JE PRENDS CETTE DIRECTION.
ON A EU TROP DE CHANCE QU'IL RESTE ENCORE DES PAINS AU CURRY À CETTE HEURE-CI.

...
HEIN ?
AH, LE VOILÀ !
SALUT !
1er / RdC
OUI.
QU'EST-CE QU'IL A ?
QUE... QU'EST-CE QUE ?
C'EST UNE COÏNCIDENCE.
ON A ACHETÉ LE BON PAIN ENSEMBLE.
TU AS DÉJÀ GOÛTÉ LE PAIN AU CURRY DE CETTE BOULANGERIE, ADACHI ?
FRSH
FRSH
HEIN ?
NON... EUH... JE CROIS PAS.
JE T'EN DONNE UN.
AH, DANS CE CAS...
FRSH
FRSH
ME... MERCI...
TIENS.
IL EST TRÈS ÉPICÉ ?
NON, PAS DU TOUT.
...
TU PRÉFÈRES LE SUCRÉ ?
NON...
ENFIN, JE NE DÉTESTE PAS NON PLUS.
ET LE PIMENT ?
EN FAIT... COMMENT DIRE...

QUAND JE MANGE EN MÊME TEMPS UN PAIN AU CHOCOLAT ET UN AUTRE AU BŒUF SAUTÉ...
JE TROUVE CELUI AU BŒUF SAUTÉ MEILLEUR.
DU CHOCOLAT ET... DU BŒUF SAUTÉ ?
AH...

SUR CE...
OUI !
BYE BYE !
AU REVOIR.
...
TIENS, UN LIVRE.
OH... MERCI BEAUCOUP.
TU VEUX METTRE LE PAIN AU CURRY DANS CE SAC POUR LE MOMENT ?
EUH...
NON. ÇA IRA.

AU FAIT QUE JE DOIS ME PRÉPARER ... MENTALE-MENT.
HEIN ?
J'AI BEAUCOUP RÉFLÉCHI, TU SAIS...
À QUOI ?
DANS UN AVENIR PLUS OU MOINS PROCHE, TU RISQUES DE TE METTRE EN COUPLE...
AVEC QUELQU'UN COMME ELLE.
ET TU FRANCHIRAS TOUT UN TAS...
D'ÉTAPES.
IL SE PASSERA SANS DOUTE BEAUCOUP DE CHOSES...
À L'AVENIR.
EUH...
OÙ TU VEUX EN VENIR ?
...
J'ESSAIE D'IMAGINER ...
CE QUE JE VAIS RESSENTIR QUAND ÇA ARRIVERA.
J'ESSAIE D'ANTICIPER, MAIS...

TOUT D'UN COUP, JE ME SUIS DIT...
QUE ÇA DEVRAIT...
BIEN SE PASSER.
AH... BON.
EN FAIT... J'AI EU UN APERÇU CONCRET.
PENDANT UN INSTANT...
JE VOUS AI IMAGINÉS UN JOUR...
AVOIR DES ENFANTS, PAR EXEMPLE...
PFFRRT !!
ARRÊTE !
MAIS QUITTE À FAIRE DES SIMULATIONS DANS MA TÊTE...
JE DOIS ENVISAGER TOUTES LES POSSIBILITÉS.
J'AI AUCUNE IDÉE DE CE QUI VA SE PASSER MOI...
AUCUNE...
J'Y AI MÊME JAMAIS RÉFLÉCHI.
OUI...
MAIS...

MOI, ÇA...
ME FAIT DU BIEN, DISONS.
ÇA ME RASSURE ? QUELQUE CHOSE COMME ÇA...
UN PETIT PEU.
?
BAH...
SI C'EST BON POUR TOI, TANT MIEUX.
OUI.
TANT MIEUX.
PAR CONTRE...
POUR QUE TES SIMULATIONS SOIENT PLUS RÉALISTES...
PRÉCISONS QUE SUWA EST DÉJÀ EN COUPLE.
HEIN ?
J'AI HÂTE DE GOÛTER LE PAIN AU CURRY.
...
IL A L'AIR TROP BON.
AH LÀ LÀ...
DÉSOLÉ...
PROFONDE COURBETTE

J'AI GAFFÉ
CECI ÉTANT DIT...
QU'ADACHI SOIT EN COUPLE...
OU SEUL...
PEU IMPORTE.
ME DIRE QUE TOUT IRA BIEN QUOI QU'IL ARRIVE...
C'EST INATTENDU...
ET ASSEZ INCROYABLE.
JE CROIS QUE JE SUIS HEUREUX ...

HMM...
CLAC
HM...
CLANG
?
TSUJI...
OOH...
17:37
TSUJI
30/07 (JEU)
ABRICOT
HMM ?
AH !
ABRICOT
17:36
COAGULATION
21:12
TOUDOUM
シュポッ

ÉCOUTE TON CŒUR, ATAMI ! FIN DU TOME 1

QUAND QUELQU'UN SE FAIT PORTER SUR LES ÉPAULES DE QUELQU'UN D'AUTRE...
ENTRE LE PORTEUR ET LE PORTÉ, LEQUEL A LA MEILLEURE POSITION, À TON AVIS ?
PORTÉ
PORTEUR
C'EST UNE ÉNIGME ?
NON.
JE ME DEMANDE LAQUELLE DES DEUX POSITIONS A LE PLUS D'AVANTAGES...
JE PEUX PAS VIVRE LOIN DE LA TERRE FERME...
LE PORTEUR A TOUTE LA CHARGE C'EST SÛR, MAIS...
LE PORTÉ N'A AUCUNE LIBERTÉ, LÀ-HAUT.
MAIS IL PEUT FRAPPER L'AUTRE AU VISAGE.
!
POURQUOI IL FERAIT ÇA ?
BAH IMAGINE...
METTONS QUE LE PORTÉ REFUSE DE DESCENDRE...
OU QUE LE PORTEUR REFUSE DE LE LAISSER DESCENDRE...
LEQUEL DES DEUX EST EN POSITION DE FORCE ?
AH...

UNE DEUXIÈME PAUSE DÉJEUNER

METTONS QUE TOUS LES MOTS LIÉS AU SOMMEIL DANS TOUT LE PAYS SE RETROUVENT ABSORBÉS.
OUI. ÉVIDEMMENT, MAIS...
LA SOMNOLENCE EXISTERAIT TOUJOURS...
ÇA VOUDRAIT DIRE QUE QUELQUE CHOSE LES ABSORBE ?
AB-SORBE
OUI...
IMAGINONS QU'UNE MYSTÉRIEUSE FORME DE VIE "A" LES ABSORBE.
POURQUOI ELLE FAIT ÇA ?
PARCE QU'ELLE... TROUVE QUE LES HUMAINS PASSENT TROP DE TEMPS À DORMIR ET ÇA L'ÉNERVE.
SI C'EST ÇA, SUFFIT PAS DE VOLER LES MOTS POUR RÉGLER LE PROBLÈME.
SON RAISONNEMENT EST AU-DELÀ DE NOTRE COMPRÉHENSION.
TU PARLES D'UNE MÉTHODE...
HEIN ? ALORS CETTE FORME "A" EST ...
NON, ON EST PAS LÀ POUR DÉBATTRE DE LA NATURE DE "A".
BLA BLA
HA HA
DONG
DING
VRAAM
HM ?
DE QUOI VOUS PARLEZ TOUT LE TEMPS, AVEC KUNIJIMA ?
...
J'AI OUBLIÉ...
HEIN ? ÇA CRAINT !

POSTFACE
LE PREMIER TOME DE CETTE SÉRIE ET VOTRE RECUEIL D'HISTOIRES COURTES SORTIRONT SIMULTANÉ-MENT...
DEUX OUVRAGES...
BON COURAGE À NOUS DEUX !
MERCI BEAUCOUP...
SIMULTANÉMENT...
ATTENDS, JE VAIS DEVOIR TRAVAILLER SUR LES DEUX... EN MÊME TEMPS ?
LA GARNITURE SUR LA TÊTE DE CE SUSHI EST UNE TRANCHE DE CHINCHARD.
MERCI DE VOUS ÊTRE PROCURÉ CE LIVRE !
ET MERCI DU FOND DU CŒUR À TOUTES LES PERSONNES QUI ONT PARTICIPÉ À SA RÉALISATION.
ASA TANUMA
UN RECUEIL D'HISTOIRES COURTES ? APRÈS 49 JOURS : RECUEIL D'HISTOIRES COURTES D'ASA TANUMA EST ÉGALEMENT SORTI* (EN MÊME TEMPS QUE CE LIVRE) !
JE COMPTE SUR VOUS POUR LE TOME 2 !
* UNIQUEMENT AU JAPON.